울퉁불퉁도 내 마음이야

울퉁불퉁도 내 마음이야(큰글자도서)

초판인쇄 2022년 10월 15일
초판발행 2022년 10월 15일

지은이 백미정
발행인 채종준
발행처 한국학술정보(주)

주소 경기도 파주시 회동길 230(문발동)
문의 ksibook13@kstudy.com
출판신고 2003년 9월 25일 제406-2003-000012호

ISBN 979-11-6801-718-4 13810

웃다가 찡하다가
대한민국 평균 엄마의
공감 에세이

백미정 지음

울퉁불퉁도 내 마음이야

이담
Books

울

고 싶을 때는 울었었는데,

어느 순간 우는 게 부끄러워져서

퉁

퉁 마음만 붓게 되었어요.

이래선 안 되겠다 싶었죠.

불

같은 열정, 삶에 대한 열정이 사치가 아닌

진심이 되길 바라며

퉁

퉁퉁, 내 마음을 조금씩 조금씩 글로 움직여 보았어요.

울퉁불퉁한 마음도 내 마음이니까요.

울퉁불퉁한 마음도 우리의 마음이니까요.

1

가 버리기엔
좀 그렇지

가족

2

서로
가두지 말자

우리

3

유일무이한
한 글자

나

4

내 직장을
아프게 하는 곳

직장

5

그, 그, 그

그것과 그 곳

함께하는 가족들과
족쇄를 즐길지 아닐지는
우리 각자의 선택.

1

가 버리기엔
좀 그렇지

가족

가
느다랗게 이어오다가 굵어져서

족
쇄가 되다.

1

미

치도록 화가 나다가도 미치도록 사랑스러운...내

안

의 죄를 바라보게 되는 자식이라는 존재.

정말 미안해.

나의 출렁거리는 배...

괜찮다.
열심히 살았잖는가.

나의 출렁거리는 배...

괜찮다.
아들 셋 낳은 배잖는가.

지금,
출렁거리는 나의 뱃살을 손으로 꽈악 잡아보세요.
그리고
제일 먼저 드는 생각은 뭐예요?

이 화상 같은 게.
이 원수 같은 게.
널 어떡하면 좋니?

그럼 이제,
뱃살의 마음이 되어볼까요?

제가 뭘 어쨌다고요.
누가 이렇게 키워 달랬어요?
좋게 봐 주세요.

뱃살은
놀랍게도
자식새끼와
닮아 있었습니다.
그러니
뱃살도, 자식도
조금만 더 사랑스런 마음으로 데리고 살아 보아요.
언젠가는 효도할 거예요.

2
—

그
렇게 내가 열변을 토한 것은

지
랄같은 해결책보다 공감의
이 말 한 마디 듣고 싶은 거였어.

?

끄덕끄덕.

- 미운 남편 : 너도 문제가 있네.
- 예쁜 나　　: 그걸 누가 몰라?
- 미운 남편 : 그냥 이야기한 거야.
- 예쁜 나　　: 그냥 이야기하지 마.

그지같은.

자고 있을 때 뒤통수를 꼭 한 번 때려보고 싶은 인간이 있어요.

지금 여러분도 저와 똑같은 인간을 떠올리셨나요?

웬수라 부르는 게 마음 편한,

남편이란 존재입니다.

"자기야, 나 너무 힘들어. 일 못하겠어."

"그럼 하지 마."

"자기야, 이 옷 예뻐?"

"나야 모르지."

"자기야, 뭐 먹으러 갈까?"

"메뉴 빨리 말해."

21세기 성공의 요소인 공감과 소통이라곤 1도 없는 웬수들은 해결책
과 결과를 말하는 걸 즐겨합니다.

아니, 누가 몰라서 물어봅니까?

"우리 자기가 많이 힘들구나."

"우리 자기는 뭐든 다 잘 어울려."

"우리 자기 먹고 싶은 거 먹어야지."

해결책과 결과론의 글자 수와 별로 차이 나지 않아서 말하는 게 힘들
지도 않을 텐데,

뻥을 좀 쳐도 괜찮지 싶은데,
웬수들은 그게 잘 안되나 봅니다.

'정답은 내 마음 속에 있다.'
조금은 진부한 이 명언을 웬수들이 알고 있길 바랍니다.
정답은 마누라인 나의 마음속에 이미 있으니,
너는 고개만 끄덕여 주면 된다고 강력히 주장하는 바입니다.
최선의 해결책과 결과는 공감과 소통이 될 수도 있으니까요.

3

세

월 속 그 많고 많은 인연들 중에

상

상할 수 없었던 우리의 필연.

감사하렵니다.

나의 세상이 없어졌던
블랙홀의 시간들.
빨려 들어갈 수밖에 없었던,
치열했던 부모님의 투닥거림.

이제는,
나의 세상도 지키고
부모님의 살아갈 공간도 지킬 수 있을 것 같은
이 갈망.

조금 더 훗날,
나보다 부모님을 더 가여이 여기게 될
이 그리움.

4
—

무
의미한 것 같은

엇
박자의 시간.

엇박자도 박자다.

엄마에게 묻고 싶은 말들을
묻어둔다.
뾰족한 말로 잘못 캐다가
쓸모없는 돌들만 나오게 될까 봐.

무엇을 하느냐보다
무엇을 안 하느냐가
더 중요함을 알아야 할 때.

그때를 잘 선택함이
모든 걸 덮어주는
단단한 마음의 땅이 되길.

5

기

가 차는 일, 힘에 차는 일이 한 번씩 생깁니다.

차

분해지는 묘약의 소리,

칙칙폭폭과 함께

여행을 가고 싶습니다.

일을 마치고 집으로 돌아가는

퇴근길 기차 안.

기차 밖,

자기 자리에서 꿈쩍없이 쉬고 있는

모든 풍경들이 부럽습니다.

"조심을 했었어야지."

"어쩌려고?"

셋째 아기를 임신하고 듣게 된, 태어나서 처음으로 듣게 된 악성 댓글 같은 말들이에요.

여러분도 열 받으시죠? 같이 열 받아 주셔요.

아니, 자기네들이 내 새끼를 키워줄 것도 아니고 후원계좌로 매달 돈을 꽂아줄 것도 아니면서 이성의 극치를 달리는 판단과 걱정으로 비난을 가장했던 것일까 싶어요.

안 그래도 임신이라는 놀라운 결과에 멍 때리고 있는 저에게 말이죠.

축복보다는 염려 속에서 태어난 저의 막내아들 하명이는 일곱 살이 되었습니다.

글을 쓰고 있는 제 옆에서 조그마한 레고 장난감들을 가지고 놀고 있어요.

입에서는 '뿌씽, 뜨아, 싱경, 으크크, 트시' 뜻을 알 수 없는 온갖 소리들이 발사되고 있네요.

많이 힘들긴 했습니다. 지금도 뭐, 좀 힘들고요. 아들이 셋이니까요.

'무려'라는 단어를 빼 먹었네요. 감정이 묘합니다.

새끼들을 이만큼 키운 저 자신에게, 그동안 잘 커준 아들들에게요.

애네들이 아니더라도 앞으로 힘든 일은 더 많이 생길지도 모르죠.

어쩌면 아이들을 14평의 추위와 곰팡이 속에서 키웠던 지난날을 그리

위할 정도로 펑펑 울게 될 날이 있을 수도 있겠지요(그런 일은 제발 없길 바라봅니다).

어떤 모양의 인생을 살든, 뒤의 네 글자는 꼭 따라옵니다.
희.노.애.락.
이것들로 저글링을 잘 하는 게 우리의 몫이 아닐까 싶어요.
우리가 감정 저글링을 하고 있는 모습을 옆에서 새끼들이 지켜보고 있으니까요.
새끼들이 가끔씩 방해 공작을 펼치더라도 살짝 미소 지을 수 있는 내공을 쌓기까지는 정말 많은 시간과 노력이 필요하겠죠?
문득 '뼈를 깎는 창조의 고통'이라는 말이 생각납니다.
흔히 예술인들에게 쓰이는 말인 것 같은데, 오늘은 저희들에게 적용해 보려고요.
아이들도 뼈를 깎는 듯한 고통 속에서 창조했고,
아이들을 키우면서도 뼈를 깎는 듯한 고통 속에서 저 자신을 늘 새롭게 창조해가야 합니다.
부모라는 이름이, 어른이라는 이름이 그렇습니다.
부모라는 이름을 가지고 있으면, 어른이라는 이름을 가지고 있으면 그리 해야 합니다.
인정하기 힘들지만요.

그래서 '기차' 2행시처럼,

우리에겐 여행이 필요해요. 칙칙폭폭 칙칙폭폭.

힘든 내가 다시 제자리로 잘 돌아올 수 있기 위해서요. 칙칙폭폭 칙칙
폭폭.

이때만큼은 새끼들을 사알짝 떼어 놓고 말입니다.

6

바

라보는 시간만큼 넓어졌다.

다

시는 안보아도 될 만큼 넓어졌다.

그래도 사람들이 너를 찾게 하는

그 힘은 무엇이냐?

너의 카리스마를

닮고 싶다.

생선의 꿈

생선 입마냥 헤-하고
바다를 떠난 듯한 내 아이의 꿈 모습.
밀물과 썰물이 된 내 손,
내 아이 가슴 위에서 꿈의 소리를
발견한다.
팔딱팔딱 쉼 없는 준비를 하고 있다.

내 아이야,
너의 가슴을 놓아주어야 할 때가
있겠지.
진짜 바다를 사랑하게 될
너의 가슴을 지켜보며
어미는 가슴의 팔딱거림이
쉼 없어지겠지.

너의 바다는 어디께쯤 있으려나.
거리와 넓이와 색깔과 상관없이
너의 바다에서 숨 쉬게 될
엄마의 꿈도 너의 꿈이다.

사랑한다, 팔딱!

7

냄

비를 불에 올려 라면을 끓인다.

새

로울 것 없다.

그냥 라면만 넣어 먹자.

깻잎, 치즈, 계란...

됐다.

단순한 냄새, 단순한 삶도

좀 봐 주자.

사정없이 뿜으려다가
방귀냄새처럼 지독할까 봐
꾹꾹 눌러 넣는 잔소리.

사방팔방 뿌리려다가
진한 향수냄새처럼 손사래 칠까 봐
다시 제자리에 두는 잔소리.

쭈욱 찢은 김치 한 조각,
한 숟갈 남편 밥 위에
둘둘 말아 올려놓고
손가락을 쪼옥 빤다.

저녁 찬 냄새로 대신하는
나의 잔소리.

8
―

길
의 매력은

목
빠지는 그리움.

나의 목을 빠지게 하는
나의 마음을 빠지게 하는
누군가의 길목에 설 수 있다는 것,
무엇이라 부를까?

엄마의 펄럭거리던 치마가
내 키와 맞닿아 있었던
그 때가 그리워
지금의 내 키를 반토막 내어
다지고 다져서
다시 엄마에게로 갈 수 있는 길목이 있다면
흩어 뿌리고 싶어라.

나의 그리움과 나의 바람이
휘이휘이
흩날렸음 싶어라.

9

소
잃고 외양간 고치는 일 없도록

리
본으로 단단하게 매듭지어 보는
나의 마음.

으라차차!

기합소리는 기본.

뚝뚝.

엄마의 눈물세월이

링거액이 되어 떨어지는 소리.

뚝뚝.

엄마의 굵은 세월이

아픈 뼈마디가 되어버린 소리.

뚝뚝.

엄마에게 변명스런 내 마음이

진심을 이기지 못하고 주저앉는 소리.

뚝뚝.

엄마에게 미안한 내 마음이

다시금 사랑을 끼워 맞추는 소리.

10

─

'반'
이라는 분량은
실망을 말하는 것인가?
기대를 말하는 것인가?

달
달한 내 마음, 답답한 내 마음이
때마다 알려줄 것이다.

반달도,
보름달도
나의 것이다.

우리 엄마,

열아홉에 시집와서 스물하나에 나를 낳고 나 혼자 잘 키워 보려다가 십오 년 뒤 생각이 바뀌어 첫째 동생을 낳고 십칠 년 뒤 막내 동생을 낳았다. 그래서 나는 나이차이가 무지 나는 여동생이 둘 있다.

엄마는 딸 셋, 나는 아들 셋을 낳았다. 엄마가 못 이룬 아들자식에 대한 로망을 내가 대신 이루어드렸다. 그렇다고 내가 엄마와 반대로 딸자식에 대한 로망이 있는 건 아니다. 아들 셋 키우면서 충분히 힘든 시간을 보냈다고 생각한다. 나만 보더라도 아들보다 딸이 엄마 마음을 더 잘 알아주고 엄마 편을 들어준다는 보편적 진리가 통하지 않기 때문이기도 하다.

아빠와 엄마가 헤어져 살기로 하고 난 뒤, 엄마는 내가 일하고 있는 직장으로 찾아왔었다.

"엄마 좀 도와주라."

엄마는 아빠와 결혼하고 이십 년을 넘게 밭일하시며 몇 십 명이 되는 일꾼들의 밥과 새참을 새벽마다 준비하시던 주부였다. 내세울 만한 학력도, 배운 기술도, 창업 아이템도 없던 엄마였다. 남은 두 딸과 함께 앞으로 먹고 사는 기본적인 삶을 걱정해야 하는 가장이 되신 거였다.

그 당시 내 마음을 변호하자면, 아빠와 엄마에게 짜증이 많이 났다. 서로 좀 잘하지, 일이 이 지경이 되도록 서로의 세월들을 어떻게 방치했길래, 자기들이 좋아서 결혼하고 또 자기들 마음대로 이혼하네, 자식들 생각은 안하나 보지, 이거 실화야?...

그리고 복잡했던 내 마음을 한 마디로 압축해서 엄마 마음에 평생 잊지 못할, 나 역시 평생 잊지 못할 못을 박았다.

"창피하니까 가."

엄마가 나에게 쏟아내지 못했던 말들을 지금, 글로 써 본다.
철딱서니 없는 년, 지밖에 모르는 이기적인 년, 자식 키워봤자 아무 소용없다던 말이 딱 어울리는 년. 내가 엄마와 같은 처지에서 장남한테 엄마인 당신이 '창피하다'는 말을 듣게 된다면 어떨까라는 상상은 나를 충분히 괴롭혀 주었다. 하...
조금만 가파른 언덕길도 못 올라가시고, 경치구경하는 여행을 같이 가 보는 것이 불가능해진 엄마의 불편한 다리는 나에게 내리는 벌 같다.
절뚝거리는 엄마 다리 보면서 죽을 때까지 미안해 해. 절뚝거리는 엄마 다리 보면서 앞뒤 말이 안 맞는 엄마의 논리도 받아주고. 절뚝거리는 엄마 다리 보면서 짜서 자꾸 물을 들이키게 되는 엄마의 반찬들도 맛있게 먹어. 절뚝거리는 엄마 다리 보면서 이혼하지 말고 잘 살아.
가혹한 벌인지, 고마운 벌인지 모르겠다.

아빠, 엄마에게서 채워지지 않았던 내 마음들은 어른에 대한 분노로 고스란히 남아있다. 나보다 나이 많은 사람이 물을 마시고 컵을 아무 데나 두면, 왕년의 자랑을 하면, 식당에서 욕을 하면, 기차 안에서 크게 웃고 떠들면 마음속에서 '어른이 되어 가지고.' 비난의 생각이 불쑥불쑥 솟아난다.

참 웃긴다. 이제 서른일곱 살의 나보다 어린, 모든 이에게 나도 어른인데 그들이 보기에 나 역시 '어른이 되어가지고' 일지도 모른다.

그래, 나는 이기적인 년이 맞다. 나를 제외한 이 세상의 모든 어른들은 어른다워야 했다. 엄마는 엄마다워야 하는 거고, 나는 딸답지 않아도 되는 거였다. 그렇게 듣기 싫던 비논리적인 엄마의 잔소리 같은 생각을 나도 모르게 하고 살았던 거다. 그러면서 부족해 보이는 엄마의 반쪽 인생을 탓하며 나머지 반쪽을 내 슬픔만으로 채우려 했다.

엄마, 어쩌면 엄마는 원래 꽉 채워져 있는 사람인데 엄마의 힘든 세월 때문에 반쪽의 빛을 잃고 살았는지도 몰라. 그걸 모르고 내 아픔만 토닥거려 주며 엄마의 완벽한 모습을 원했어.
있잖아 엄마,
반쪽의 빛이 없었던 게 아니잖아? 힘들어서 잠시 쉬고 있는 거지. 그러니까 엄마, 우리 함께 그 빛을 다시 키워볼까? 지금처럼 예쁜 이모티콘 주고받으며, 띄어쓰기 없는 카톡 주고받으며, 아무 이유 없는 전화 주고받으며, 엄마의 짠 음식에 핀잔주며, 철들려면 아직 멀었다는 엄마 잔소리 들으면서 말이야.

엄마, 고생 많았어.
그리고 미안.
정말로.

11

───

절
절히 지켜나가고픈 마음의 색깔이

개
나리 노란 설렘을 닮은 정도면
괜찮다고 말해도 될까?

결혼하고 16년 동안
엄마에게 단 한 번도 내뱉지 않은 말,
"나 힘들어."

이 말에
엄마 마음에 몇 개 남지 않은 쉼표가
사라질까 봐,
끝까지 지켜나가고픈
나의 봐줄만 한
자존심.

12

———

행
동하고 표현할 수 있는 나.

복
있는 사람, 나.

내 마음을 보여줄 수 있는

당신이란 존재가 있어서

오늘도 행복.

우리 엄마의 엄마가
우리 엄마 마음을 만나고 갔다는 말에
우리 엄마를 만나러 갑니다.

만날 수 없는 우리 엄마가 아닌,
만나러 가는 우리 엄마라서
참 다행입니다.

참 다행입니다.

"산소는 뭐 하러 가?"
'참, 청승맞다'는 생각이 들었어요. 소주와 종이컵이 든 비닐봉지를 들고 아픈 다리로 언덕을 올라가 아무 말 없이 외할머니 산소 주변에 소주를 뿌리고 종이컵에 소주를 따랐을 엄마의 모습을 상상하면서요. 무덤 앞에 앉아 "어머이, 저 왔습니더."라고 조용히 속삭였을 수도 있겠네요.

짜증이 섞여있는 힘없는 엄마의 표정이 저는 싫었습니다. 보기만 해도 짜증이 났습니다. 그리고 이내 엄마의 목소리, 엄마의 몸짓 하나하나 다 화가 났더랬죠.

"산소 갈 때 길 조심해. 혼자 가지 말고."
이제는 엄마가 외할머니 산소를 가겠다하면 걱정이 됩니다. 다리도 성하지 않은데, 외할머니가 얼마나 보고 싶을까, 마음이 더 안 좋아 돌아오면 어쩌나, 이런저런 생각들이 들어요.
엄마로 살아온 저의 세월이 가져다 준 성숙이라 해도 될까요?

음, 그리고 재수 없는 생각 하나 더해 봅니다.
'나도 언젠가는 엄마를 그리워하며 특별한 장소가 시도 때도 없이 떠올려 지겠지?'라고요.
정말 재수 없는 생각이네요.
우리, 이렇게 재수 없는 생각을 할 수 있는 엄마의 존재에게 감사하며 오늘은 엄마에게 예쁜 이모티콘을 카톡 한번 날려볼까요?

13

우
리들의 이야기가

산
처럼 쌓일 때까지,
기쁨과 슬픔을 같이 쓰고 가자.

나에게 우산이 되어주는,
내가 우산이 되어주고 싶은
그 사람을 생각하며
오늘도 희망 첨벙첨벙.

"느그 아빠한테 전화했다.
 까마귀가 울어대는 산을 보면서...
 근데 전화를 받는기라.
 안 받을 줄 알고 전화한긴데
 전화를 받은께 뭐 할 말이 있어야제...
 '목소리 듣고 싶어 전화했심더.'했더니
 한참을 말을 안 하드만
 '그래, 알았다.'그라는 거 있제?
 대박 아이가?"

14

___

어

이없다고 생각하는 상황,

내 마음이 어이없는 것일 수도 있다.

찌

든 때 벗기듯 벗겨버리자.

나의 잘못된 생각일 수도 있는

'어이없음'을...

'어찌 그럴 수가 있는가'

라고 생각지 않는 것.

내가 어찌어찌 살아갈 수 있는 방법.

아빠에게 일주일에 한 번
전화드리기.
엄마에게 사랑한다
말하기.
동생들에게
용돈 주기.

하지 못하면
후회할 일들임을 알면서도
매일매일 망설이고 있는,
정말 매일매일 망설이게 되는,
이 마음을 어찌 설명하면 좋을까.

아이러니 제대로.

15

___

단
단하게 내 마음을 붙잡아줄 수 있는,

어
지럽든 어질든 나에게는 소중한,
그 단어 하나 간직하고 있는가?

아빠,

늘 어색하고 그리운 단어.

그래서 다시 우리 아빠.

밥 무근나?

아들은 잘 있나?

그래, 끊자.

두 달 만에 통화해도

1분 안에 전화를 끊는

아빠, 다시 우리 아빠.

내 마음 속에

늘 어색하고 그리운 단어.

아빠,

그래도 다시 우리 아빠.

16

———

핑,

하고 자꾸 눈물이 돌게 하는 사람.

계

속 생각은 나는데 다가서기가 힘든 사람.

그 사람과 내가

내일부터 다시는 못 보게 된다면

어떡할 건데?

늘 제 마음속에 계시는 아빠에게

날씨가 더우면 더운 대로, 추우면 추운 대로,
좋으면 좋은 대로 매일 아빠 생각을 해요.
아빠는 저희에게 미안한 마음에, 지친 하루하루
에 전화를 하지 말라고 하시지만 이렇게 가족
으로 함께할 수 있음에 감사합니다.
아빠, 자식에게 미안한 마음도 서운한 마음도
접어 주셨으면 좋겠어요.
가지지 못한 것에 슬퍼하기 보다는, 가지고 있
는 것에 감사하며 서로에게 따스한 말로 위로
가 되어주면 참 좋겠어요.
서로 더 용기 내어서 더욱 친하게 지내는 아빠
와 딸이 될 수 있도록, 아빠가 좀 도와주셔요.
저는 아빠가 계셔서 참 행복해요. 살아 계시니
까 이렇게 편지 쓸 수 있음에 참 행복해요.
아빠가 저희 아빠라서 참 행복해요.

째깍째깍
새벽 시계 소리는 그치지 않고
나는 편지를 썼다.

아빠, 힘내시라고.
존재만으로도 감사하다고.
웃으시라고.
사랑한다고.

오늘 편지지는 예쁘지가 않다.
지금 보니 글자도 엉망이구.
시계 소리도 귀에 거슬렸어.

아빠에게 편지 건네는 걸
그만 두어야겠다.

17

소
리마저도 삼키는 너의 그 웅장함.

나
는 너의 웅장함 속에서
푸른 꿈을 꾸련다.

무
리하지는 말거라.
웅장한 푸르름에 반해서 그런 것만은 아니니.

그냥 니가 좋은 것이다.

나무, 밉다

난 니가 밉다.
초록색으로 노란색으로 빨간색으로 치장하며
기교를 부리고
앙상함을 무기삼아 불쌍한 척을 해도
난 니가 밉다.

너희들끼리 연을 닿고 닿아
내 마음, 저 멀리 아빠에게 전해라.

너희들을 키워주신,
아빠의 세월을 앗아간
벌이다.

18

추

가되는 나의 하루하루를 아름답게 남기기 위한

억

센 인내와 선택.

아빠는 밤새 내려 트럭 유리에 얼어붙은 서리를
카세트테이프로 깎아 내리셨어요.
겨울바람이 매서워 다른 한 손은 호주머니에 넣으신 채.
아빠는 트럭으로 등교시켜주어도 부끄러워하지 않는
내가 자랑스럽다 하셨죠.
부끄러웠어요.
아빠가 부끄러워하실까 봐 내색하지 않았던 거예요.

더 자고 싶어 밥상 앞에서도 눈을 감고 있는 나에게
엄마는 투박한 손으로 김밥을 싸서 내 입에 틀어넣었습니다.
당신보다 덩치가 더 큰 나에게 밥을 먹여 주셨죠.
엄마 앞에선 크고 싶은 생각이 별로 없어요.

천 원이 귀하던 시절,
인형 가게 앞에서 꼼짝도 하지 않던 나에게
엄마는 꼬깃꼬깃한 천 원짜리 몇 장을 펴서 바비인형 하나를 사 주셨
어요.
아빠에게 혼이 많이 나셨겠죠?
아빠는 또, 똑같은 종이 인형 10장이 든 검은 봉지를 나에게 건네셨어요.
엄마에게 혼이 많이 나셨겠죠?
서로에게 잘했네 잘못했네 잔소리 하셨겠죠?

서리를 깎아 내리다.

김밥을 싸다.

천 원짜리를 펴다.

봉지를 건네다.

이제, 우리 모두의 손을 잡기엔 늦었지만 그 손 모두를 닮고 싶어요.

19

—

아
저씨가 길거리에서 담배를 피우고 계시다.
아빠가 생각나다.

빠
르게 고개를 떨구니 길거리에 담배꽁초.
젠장.

먼 훗날
우리 아들들은
아빠 엄마를
무엇을 보며 추억하게 될까?

먼 훗날이라는 말도
아빠 엄마라는 말도
추억이라는 말도

가슴이 저려온다.

20

열

이 나도록 크게 소리쳐야 움직이는 아들 셋.

심

히 힘들고, 심히 행복하다.

side

열심히 살 수 있는 이유를 물으신다면?
제 옆의
첫째 장남,
둘째 왕자,
셋째 고추가 정답입니다.

21

미
운 마음 드는 것들도,
고운 마음 드는 것들도
내 삶의 언저리인데

안
쓰러움도 다 고만고만한데
고운 마음 드는 것들만 바라보게 된다.

무한 반복

미안하다.
미안하다.
미안하다.

첫째 아들, 둘째 아들, 막내아들.
잠든 얼굴 보며 되뇐 말.

22

—

매

섭도록 소리를 몰아치는 걸 보니

미

운 정, 고운 정 다 들었나 보구나.

나의 휴가는 이렇게 흘러가고 있다.
매미처럼 시끄러운 아이들과 함께.
이 자식들,
맴매 맴매 좀 맞자.

23

혼

신의 힘을 다해 행복하고 싶었는데

자

려고 누우니 무서워서 밤새 불을 켜 두었다.

나는 혼자 있는 시간을 좋아한다.

좀 더 정확하게 말하면, 사람들의 말소리와 약간 경쾌한 노랫소리가 뒤섞여 있는 공간에서 나 혼자 앉아 글을 쓰고 책을 읽는 순간을 즐긴다. 커피숍 귀퉁이 자리, 기차 안 창가 자리, 등받이가 있는 공원 벤치, 서점의 노란 불빛과 함께하는 의자는 나의 모든 것을 받아주는 우주 같기도 하고, 생명 탄생을 기다리고 있는 엄마의 뱃속 같기도 한 공간이다.

이 공간들보다는 느낌이 덜 하지만 그래도 내가 선호하는 곳은 조용해진 우리 집이다. 남편과 아이들이 학교를 가고 어린이집을 가서 나 혼자 집에 있게 되는 날이면, 어색한 가운데 기분 좋은 나른함이 놀려온다.

1년에 한 번 정도는 교회 행사 때문에 남편과 아이들이 교회에서 자는 날이 있다. 밤에 혼자 지낼 수 있는 유일한 날이 이 날이다. 생일과 맞먹는 특별한 이 날을 몸과 마음으로 흠뻑 즐겨 보리라! 무엇을 해 볼까? 당찬 각오를 한다. 그리고 곧이어 매번 반복되어지는 행동 패턴.

TV 시청이 안 되는, 모양만 텔레비전인 물체와 시간을 함께할 수는 없고, 책 한 권 읽어보자는 작정은 작심삼분이 되고, 글이나 실컷 쓸까라는 대견한 생각은 작가 코스프레 정도로 끝난다. 밤에 전화해서 만날 만한 사람도 마땅치 않고, 수다를 떨게 되더라도 지친 업무로 기가 빠져 있는 터라 밤에 발산할 수 있는 에너지가 없었다.

이즈음 나는 좋은 엄마가 된다. 내 새끼들은 뭘 하고 있을까? 밥은 먹었을까? 씻는 곳은 마땅할까? 속옷은 갈아입었을까? 양치질은 했을까? 로션은 발랐을까? 이불은 잘 덮고 잘까? 처음부터 훌륭한 엄마

DNA를 가지고 있었던 것 마냥 아이들을 향한 모성애 가득한 생각들을 마구 쏟아낸다.

잠이 오질 않는다. 눈을 꿈뻑꿈뻑거리며 전자벽시계의 숫자가 언제쯤 바뀌나 쳐다본다. 그러면서 예견했다. 내일 이 시간이 되면 오늘 이 시간을 후회하게 된다는 것을. 시끄럽게 종알거리며 뛰어다니는 아이들, 빨래통을 단 한 번에 가득 채워버리는 옷가지들, 차려 줄 반찬이 없는 냉장고 안을 들여다보며 한숨 쉬게 된다는 것을.

책을 읽을 걸, 글을 쓸 걸, 청소 좀 해둘 걸. 껄,껄,껄 거리며 혼자 밤을 보낼 수 있는 내년을 기약하게 된다는 것을. 아쉬운 이 밤을 떠나보내는 것이 싫기도 하고, 조용함이 적막함으로, 적막함이 무서움으로 변하여 밤새 불을 켜 두었다.

혼자라는 것.
참 묘한 시간이다.

24

―

고
래를 잡아주어야 하는 녀석이 세 명이다.

추
역도 트리플이다.

문득, 가만히 생각해 보니

초등학교 5학년인 첫째 아들의 고추를 못 본지 오래 되었다.

그래,

이제 내가 첫째 아들의 고추를 보면 서로 민망해지는 타이밍이 되었구나.

진작에 더 봐 둘 걸.

진작에 샤워를 많이 시켜줄 걸.

25

미

니스커트 한번 못 입어보고

겁나 일찍 시집와서

움

켜쥔 만 원짜리 쓰는 데 우유부단해진 나.

아프면 약을 먹든가
아니면
아픈 걸 참고 설거지 당번을 해내든가

자기가 무슨
이팔청춘인 줄 아나

아프냐?
나도 아프다.

남편이라 쓰고
웬수라 부르다.

26

집
합 속의

중
심인 존재.

가족이기를.

함께한다는 것,
무얼까?

함께 하고 있음을 느끼지 못할 정도로
숨을 쉬고 있음을 느끼지 못할 정도로
나 자신에게 집중할 수 있도록 해주는
존재의 존재감.

22살에 결혼했어요.
6평 원룸이 신혼집이었고요.
26살에 첫애를 낳았어요.
14평 집에 살고 있었고요.
29살에 둘째를 낳았어요.
14평 집에 살고 있었고요.
31살에 막내를 낳았어요.
14평 집에 살고 있었고요.
16년간 일을 했어요.
3명의 아들들을 낳고 키우면서요.
11건의 출간 계약을 했어요.
1년 동안 말이예요(자랑하는 거예요).

22+6+26+14+29+14+31+14+16+3

이 모든 숫자들의 합은 11이 되어요.

1평생 글 쓰는 엄마로, 글 쓰는 아내로 살다가 죽을 거예요.

(베스트셀러 작가도 되고 싶어요. 부자도 되어 보고 싶어요.

 독자님, 함께해주시고 도와주시고 기억해 주세요.

 제 이름은 백미정입니다.)

'우리'라는
그 자체처럼.

2

서로
가두지 말자

우리

우
직함이 부럽긴 하나,
너무 애쓰지 않는 지금의 자유로움도
좋을 것 같아요.

리
본에 매어
선물을 포장하는 것도 좋으나,
선물 그 자체만으로도 행복하듯이.

1

생

생하게 떠올릴 수 있는
나의 기억들은
감정과 맞닿아 있다.

각

자 살아가는 세상은 다르겠지만,
서로에게 남겨주는 기억들은
행복의 감정이기를...

이 봄이 행복이기를.

설레는구나.

봄이구나.

그렇구나.

2
—

은

은하게 다가왔던 그대의 심장소리.

하,

신기하다!

수

없이 지나간 시간의 강물보다
지금의 순간이 나에겐 바다이어라.

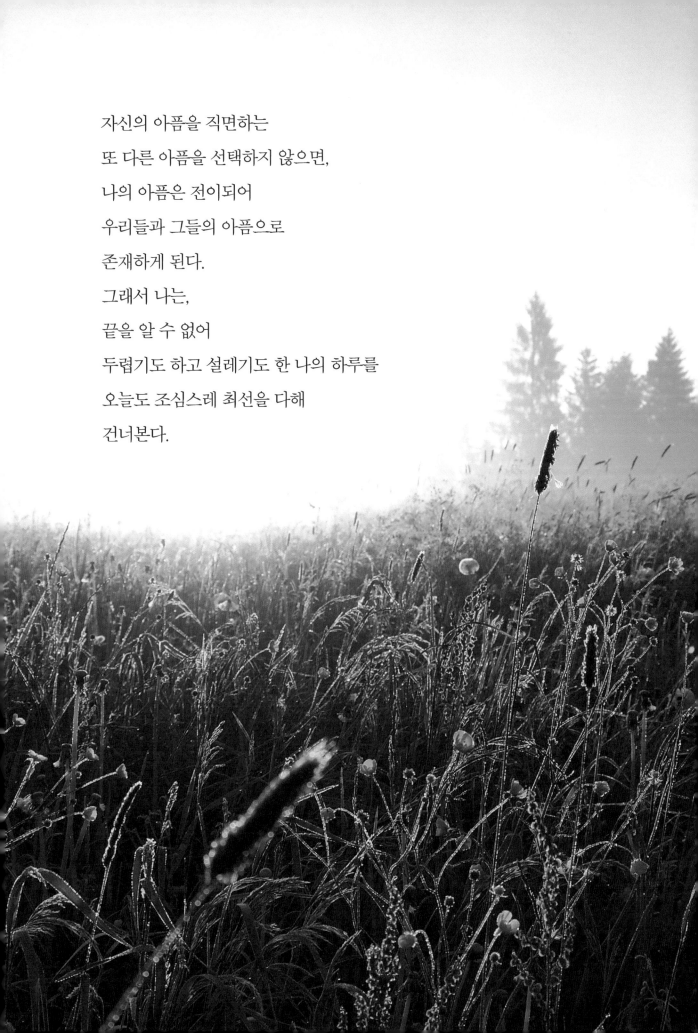

자신의 아픔을 직면하는

또 다른 아픔을 선택하지 않으면,

나의 아픔은 전이되어

우리들과 그들의 아픔으로

존재하게 된다.

그래서 나는,

끝을 알 수 없어

두렵기도 하고 설레기도 한 나의 하루를

오늘도 조심스레 최선을 다해

건너본다.

"안녕하세요, 고객님?"

내 감정과 전혀 상관없는 미소와 '솔' 목소리로 상대방을 대해야 했던 적, 있으시죠? 마음속으로는 '지금 나는 뭐하는 건가?'하는 물음과 함께요. 위선과 가식덩어리. 그러나 어쩔 수 없는 것. 돈 버는 것이 그리 쉬운 일인 줄 아나. 별별 생각이 듭니다.

감정노동 값은 월급 값과 비례할 수도 있고 반비례할 수도 있음을 알 뿐 아니라 그런 일을 해본 적이 있는지라, 저는 커피숍이 되었든 마트가 되었든 일하고 계신 분에게 먼저 인사를 건네는 편입니다. 미소와 함께 허리를 굽히면서요. 어떨 때는 손님인 저를 아예 쳐다보지도 않는 직원을 대할 때도 있지만 안 좋은 일이 있나 보다, 월급이 겁나 적은가 보다, 라고 생각하며 이해하려고 합니다. 경제활동을 해야 하는 똑같은 사람으로서 상대방을 바라보면 배려와 포용력은 넓어지지요.

제가 먼저 건네는 미소와 인사 또한 어쩌면 위선과 가식일 수도 있겠네요. 하지만 상대방에게 미소와 인사를 건네야 하는 의무감으로 그런 것이 아니라, 순전히 저의 자발적인 의지를 사용한 행위입니다. 힘든 마음을 내가 먼저 경험했기에 일을 하고 있는 상대방이 남 같지 않은 야릇한 마음에, 거의 반사적으로 하게 되는 행위라는 거죠. '공감과 공유'정도로 요약할 수 있겠네요.

그래요. 참 좋은 마음이고, 참 좋은 행동인 것 같습니다. 나도 힘들었으니 너도 당해보라지, 보다는 나는 힘들었는데 너는 덜 힘들었으면 좋겠다, 라는 생각이 기특합니다. 바라는 것도 없습니다. 그저, 나 스스로 미소 띤 인사 한 마디 건넨 것으로 행복을 얻는 것뿐입니다.

이 세상에 좋은 뜻을 가진 단어들-배려, 이해, 존중, 이런 것들은 미소와 인사 안에 다 들어있는 게 아닐까 싶습니다. 지금 너무 힘든데, 그런데도 미소 짓고 인사하고 있는 나 자신이 미워진다면, 세상을 변화시키고 있다고 생각해 보면 어떨까요? 아이언맨의 슈트가 없어도, 토르의 망치가 없어도, 캡틴 아메리카의 방패가 없어도 우리의 근육과 목소리만 사용해서 최선을 다해 살아가고 있다는 것. 정말 대단합니다. 평범함이 비범함입니다.

우리 모두, 잘하고 있어요.
우리 모두, 잘살고 있어요.

3

――

헌

가죽부대에

새 포도주를 붓지 않습니다.

새 가죽부대에

헌 포도주를 붓지 않습니다.

그래서,

신

이 허락하신 내 자리를 받아들이고

열심히 살아가는 것이

삶의 도리라고 생각합니다.

나의 소중한 것들에 헌신하기.

해를 등지고 서 있는 자여,
슬퍼마세요.
당신을 바라보고 있는 자들은
당신과 해를
동시에 볼 수 있으니까요.

당신의 등을
헌신이라 부르는 이유입니다.

4

아
픔을 느낄 수 있는 이유는
행복을 느껴보았기 때문이
아닐까요?

침
을 따끔하게 맞고 나야
통증을 이겨낼 수 있듯,
지금의 아픔은
내일의 행복을 예감하는 아침햇살일 수도 있을 거예요.

내 안의 나에게
저리 가라, 저리 가라
쓴 소리를 내뱉었어요.

내 안의 나는
나도 너다, 나도 너다
되받아쳤지요.

내 눈에
한숨 한 송이 피었지요.
그래요.
한숨이 꽃필 수 있었던 이유,
내 안의 나와 함께
무수한 아침을 이겨내었기 때문이네요.

오지 말았으면 하는 것,
내일.

기다림과 설렘보다는 쌓인 서류와 처리해야 할 업무가 많은 삶을 살고
있다면 격하게 공감 되는 말.
내 일은 내일 하자, 내일은 내 일 하자,
띄어쓰기로 말장난을 하며 피식 헛웃음 보이다가도 이내 시무룩해질
수밖에 없는 내일.
내일이 오늘이 되고 어제가 되고 과거가 되어도 속 시원하다 말할 수
없는,
또 다른 시작에 식겁하게 되는 나날들.

이런 내일들을 견뎌내고 우리는 여름휴가를 기다리고 있습니다.
땀 줄줄 흘리고 돈 써가며 힘들여 마트에 가서 장을 보고, 계곡에 가서
텐트를 치고, 바다로 가서 살을 태우고, 공항을 떠나 시차와 사람들과
음식에 적응해야 하는 휴가입니다.
참, 아이러니합니다. 힘든 걸로 치면 일하는 것과 여행가는 것이 비등
비등해 보이는데 우리는 단연코 여행의 편을 들어줍니다.
한 번의 휴가를 위해 밤부터 소쩍새는 그렇게 울었나 봅니다.

천 번의 한숨을 뚫고 탄생한 한 번의 행복 역시 휴가를 닮아 있습니다.

기대되고 뿌듯하고 엔돌핀이 팍팍 도는 행복한 순간은,

눈물과 고통이 수반되었을 때 성질이 배가 됩니다.

아파보았기 때문에, 몸부림 쳐봤기 때문에 조그마한 일에도 감사와 행복을 느낄 수 있는 것이지요.

그리고 행복과 불행은 참 사이좋게도 돌고 돕니다.

영원한 행복도, 영원한 불행도 없어요(행복과 불행의 개념은 주관적인 것이라 저는 이렇게 생각해요).

휴가를 떠나 있을 때엔 직장에 복귀해야 하는 아쉬움, 일을 하면서는 휴가를 기다리는 설렘이 공존하듯이 말입니다. 행복할 때는 마음껏 웃고, 불행하다 싶을 때는 마음껏 울어도 되는 이유입니다.

정해져 있지 않는 내일이기에 불안해하기도 하고 기적을 바라기도 하며 그리 살 수 있는 게 우리네 인생 같습니다.

그러니 우리의 내일에 조금 더 관대해졌으면 합니다. 우리의 착한 마음씨를 보고 내일 역시 착하게 굴어줄지도 모르니까요.

5

진

짜로 이기는 것은 져 주는 것이라는 말.

다

들 그리 믿나요?

져 주는 척하고 믿어주세요.

떨어진다.
썩어진다.
없어진다.

이러한 말들이 평안하게 들리는 이,
사랑을 아는 이.

개그콘서트에서 '이런 사이다!'라는 코너를 보았어요. 쓰레기 분리수거를 하지 않는 아파트 주민 아저씨와 동장 아주머니가 마주쳐서 말다툼을 랩 수준으로 하는 컨셉이었답니다.

"이 여편네야, 집에 가서 잠이나 자라. 남 일에 간섭 말고. 느그 집은 어떨지 안 봐도 비디오다!"

"비디오? 누가 요새 비디오를 보노? 아저씨는 노래도 전축으로 듣는갑지?"

"아이고, 시끄르브라. 그리 떠들라믄 노래방이나 가라!"

"아저씨가 노래방비를 대줄끼가? 대줄끼가? 대줄끼냐고?"

"자! 노래방비!"

단어 하나 꼬투리 잡아서 티격태격 하는 모습이 웃겼습니다. 좀 부끄럽기도 했고요. 저도 왕년에 남편이랑 싸울 때 말꼬리 붙잡고 늘어지면서 따박따박 따지고 들었거든요. 남편은 어떻게 했냐고요? 한숨 한번 쉬는 게 끝입니다. 제가 아무리 옆에서 떠들어도, 열 받게 하려고 머리를 써도 미동이 없어요. 완전 고수입니다.

'에이 씨, 논리정연하게 말을 잘했는데 완패한 것 같은 이 더러운 기분은 뭐지?'라고 몇 번 생각을 하고 난 후에는 따지는 거 그만 두었어요. 저만 나쁜 년 되는 거고, 소득도 없어서요.

무서워서 피하는 게 아니라 더러워서 피하게 되는 것, 똥입니다. 냄새 나는 똥을 둘러가면서

"이게 진짜 주제도 모르고 어디서 얼쩡대고 있어? 이 구역 주인이 나라는 걸 아직 몰라? 매운 맛을 보여줘야겠어? 더럽게 생겨 가지고는. 뭘 믿고 그리 당당해? 입이 있으면 말해 봐. 말해 보라고! 내 말 무시하는 거야?"라고 떠드는 사람 본 적 없습니다. 있다면 똥에게 갔던 시선과 더러움을 제대로 옮겨오는 사람이 되겠네요.

아, 글을 쓰고 보니 제가 그랬던 것 같습니다. 그냥 조용히 넘어가면 될 일을 가지고 똥 보고 짖어대는 개처럼 개소리를 했네요. 본전도 못 찾을 것을 우아하게 가만히 있기라도 할 걸 그랬어요. 남편은 진작 알고 있었던' 지는 게 이기는 거다'라는 말의 뜻을 저는 너무 늦게 깨달았어요.
열 받는 일이 생기면 윗입술과 아랫입술을 꼬옥 붙이고 입 꼬리를 올리는 연습을 부단히 해야겠습니다. 지금이 적절한 타이밍입니다. 아들 셋 쉐끼들이 하나, 둘, 셋 차례차례 집으로 들이닥칠 때가 되었거든요.

6
—

준

다고 했다가 안 준다고 했다가

비

장했다가 비교했다가

일단은 해본다.
이단은 되돌아본다.
삼단은 고쳐본다.

사단은 나지 않을 거야.

7

희

미했었다. 버리고 싶을 만큼.

망

한 것 같은, 끝난 것 같은
그 시점에 있었다.

막연한 것.

대책 없는 것.

근거 없는 것.

고문 같은 것.

그래도 나를 살게 하는 것.

8

눈

에 널 담그어 기도한다.
니가 웃는다.

물

어 볼 필요가 없다.
내 눈물이 센지, 니 웃음이 센지.

우린 하나다.

내 안에 고인 눈물호수가
당신이 쉬어가는 터가 되었음 합니다.
그 바람으로
내 안의 눈물호수는 조금씩 조금씩
커져 갑니다.

눈물호숫가에서 쉬시겠어요?
눈물호수 속에 빠져서 사시겠어요?

저는 다 좋아요.

세 번째로 출간된 저의 책 제목이 〈혼자 펑펑 울고 싶은 날〉이예요.
혼자 펑펑 울고 싶은 날이라... 뭐 그닥, 유쾌한 추억은 아닌 듯합니다.
근데 또 그래요. 힘들어서 딱! 죽을 것 같다고 생각했던 날, 열 손가락
안에 드는 암흑의 날들을 이겨내고 나면 민망함이 몰려들 때가 있더라
고요.
내가 왜 그렇게 힘들어 했나, 미친 듯이 울어대고 발버둥 칠 만큼의 일
이었나, 평정심으로 우아하게 이겨낼 수는 없었나, 남들이 인정할 만큼
의 고생이라 할 수 있을까, 이런 생각들 때문에요.

지인들의 눈물에는 참느라 애썼다고, 너니까 지금까지 잘 해올 수 있었다고, 어깨를 잘도 토닥여주면서 나 자신에게는 관대해지기가 힘든 것 같아요. 고통은 주관적인 거잖아요. 그래서 남들 보기에 별일 아닌 것 같아도 내가 힘들면 힘든 거잖아요. 남의 눈물을 쉽사리 평가하거나 비난하면 안 되는 이유이기도 하고요.

그런데 왜 유독 내 눈물에는 이성을 들이대면서 공감하고 소통하려는 생각을 하지 못하는 걸까요?

저에게 미안해집니다.

눈물이 가진 힘을 시간이 지나고 나서야 깨닫게 되었어요. 나름, 맷집이 다져지는 거죠. 그러고 보니, 나 자신에게 관대하지 못했던 딱딱한 마음도 한 몫 했겠네요. 쓰임 받는 마음의 모양도 각양각색입니다. 후회와 반성을 잘만 활용하면 좋은 결과를 얻어낼 수도 있겠어요.

내 마음에 편들어 주지 못했던 지난 날, 내 눈물에게 사과와 함께 고마움도 전해야겠어요.

눈물, 네 덕분에 지금의 내가 있을 수 있다고, 주인의 투정 다 받아주느라 고생했다고 말이에요.

9

—

우

는 너와 나, 웃는 너와 나 모두
사랑스럽길

리

허설 중이다.
너와 나의 장점 보기.

표정이...
그냥 둬.

말투가...
그냥 둬.

왠지...
그냥 둬.

나도...
그냥 둬.

나를 좀...
너를 좀...
그냥 둬.

10

—

시

시콜콜한 마음의 잡음을 줄여나갈 때

선

한 사람들의 소리가 들렸어.

그것이 내가 머물러야 하는 시선이었지.

서 있을 때보다 앉아 있을 때가
더 잘 보인다.

나의 먼발치가 어떠한 모습일지,
너의 마음이 어떠한 형색인지,
너와 나는
무엇이 닮았고 무엇이 다른지,

낮은 자세로 보는 시선이
너와 나를
더 잘 보이게 도와준다.

11

—

하

하, 웃음을 주고 허허, 한숨도 주는 너의

품

속에서 꿈을 꿀 거야.

하품을 연신 해대며 얼음을 깨물어가며
나의 새벽을 깨우게 된 일.
스트레스가 즐거움이 되는 그 일이
우리의 천직이라 할 수 있겠다.

책을 10권 쓸 때까지는 그냥 막 썼습니다. 신나게 설레는 마음으로요.
자꾸자꾸 글이 써 졌습니다. 지금도 물론 신나게 설레는 마음으로 자
꾸자꾸 글을 쓰고 있어요. 단 한 가지, 달라진 점이 있답니다.

저의 글을 읽게 되실 당신을 제 옆에 두고 글을 쓰고 있다는 거.

다작을 하다 보니 자신감이 붙게 된 것도 이유이고요, 여러 출판사들의
상황과 출간의 현실을 접하면서 사명감과 책임감이 월등하게 높아진 것
도 이유입니다. 독자들이 내 글을 읽고 평범한 하루하루 속에서, 고단한
현실 속에서, 행복을 찾아내기를 바라는 것도 하나의 이유입니다.

'천재는 노력하는 자를 이기지 못하고, 노력하는 자는 즐기는 자를 이
기지 못한다.'

자기계발서에 자주 등장하는 말입니다. 천재가 아닌 저에게는 희소식
이네요. 뭐, 누군가에게 이기려고 글을 쓰는 건 아니지만 즐기면서 글
을 쓰고 있으니 결과도 그만큼 좋았으면 하는 바람은 있어요. 이기주
작가님처럼 밀리언셀러의 주인공이 되는 거요. 생각만 해도 흐뭇하고
행복해요.

그래도 일단 즐기면서 할 수 있는 일을 찾게 되어 참 좋아요. 10년 넘
게 몸부림치면서 고민했어요. 나에게 맞는 업은 무엇일까?, 나는 무엇
을 해야 행복할까?, 돈을 이길 수 있는 본능 같은 일을 찾을 수 있을까?
신예 작가인 현재, 돈은 못 모으고 있어요. 그런데 곧, 돈이 저의 뒤를
졸졸 따라올 것 같아요. 이유요? 글쎄요. 글을 너무 잘 써서? 나의 글을

믿어주는 출판사를 만나서? 주변 사람들이 축복의 말들을 해주셔서?
잘 모르겠어요. 정확한 이유는, 제가 〈아들 셋 엄마, 드디어 베스트셀러
작가 되다〉라는 제목의 책을 출간하게 되면 알려드릴게요.

아무튼 여러분! 행복의 씨앗을 잘 품고 사세요. 잊지 말아 주세요.
돈은 그 다음에 따라올 거예요. 안 따라오면 사람도 못 알아보는 돈은
스스로 손해 보게 될 거예요.
흥, 칫, 뿡!

12

——

바
라만 봐도 좋은 너인데,

다
들 너를 잊어가는 듯해.

지구와 함께 해왔고
우리와 함께 해왔고
나와 함께 해왔다.
쫄지 말고 계속 소리치길.
부끄러워 말고 계속 춤추길.

13

—

솔

솔 부는 봄바람이 태풍이 되지 않도록

직

선과 곡선의 마음을 적절히 사용할 줄 알아야 해.

내 마음을 불편하게 하는 사람과 상황들을
어떻게 받아들여야 할까?

당신,
솔직히 힘들어요.

하지만,
말하진 않을 거예요.

나의 솔직보다
우리의 순간들을 지켜감이 더 소중하니까.

14

해

는 똑바로 쳐다볼 수 없는,

하지만 뜨거움을 느낄 수 있는

성질의 것.

사랑처럼.

1랑해.

2랑해.

3랑해.

4랑해.

4랑하기까지 거쳐왔던
1랑, 2랑, 3랑의 실수.

고마워.

15

모

래밭이든 가시밭이든
꽃길이든 오솔길이든

든

든한 마음으로
걸어갈 용기가 생길 수 있는 건

곳

곳에 묻어있는
너와의 추억 덕분이다.

바람소리 요란하면
내가 찾아간 줄 알라.

너무나도 조용하면
내가 잠재운 줄 알라.

햇빛소리 쨍쨍하면
내가 소리치는 줄 알라.

너무나도 컴컴하면
내가 가리운 줄 알라.

그 모든 곳에
내가 있는 줄 알라.

16

선

해보이진 않네. 너의 그 뾰족함이.

인

간적이지도 않겠지 뭐.

"장

난하냐? 나 지금 웅크리고 있잖아!"

고슴도치야, 미안해.

찔리기 싫어 늘 뒹굴러 다녔다.
뒹구는 것도 찔리는 것만큼이나
밥맛이었지.
그래도 그 밥맛,
잃어버리면 안 되었기에 몸을 웅크리고
뒹굴고 뒹굴었다.

"고마워."
"미안해."
뒹굴러 다니는 내 덕에
자신의 뾰족함이 깎였다는 사람이 있다니!

뒹굴거림,
한 몫 했다.

17

희

미했던 서로에 대한 마음이
선명한 마음으로 바뀔 때까지
함께했던 우리들.

망

망대해에서도
'우리'라 일컬어질 수 있도록
아자!

매번 걷어차이지만
여기저기 내음을 맡을 수 있는
돌멩이가 좋을까

꿈쩍도 할 수 없지만
누군가를 지켜주는
우직한 벽돌이 좋을까

내가 좋을까
네가 좋을까

모두가 우리이고
모두가 희망이니
너무 고민하지 말자.

18

사
람 인(人)은
서로가 기대어 있는 모습입니다.

인
생이라는 것,
그래서 함께일 때 행복하다고
사인을 주고 있습니다.

당신의 발걸음을 쭈욱 따라갔지요.
당신과 내가 걸어온 길,
아카시아 향이 납니다.

19

___

행

복은 우리네 일상 속에 숨어 있을 테니

운

명 같은 나의 삶을 받아들여 보아요.

숨어 있는 행운과 행복,

날카로운 칼로 순식간에 캐내려는 한 방보다

부드러운 손으로

조금씩 조금씩 꺼낼 수 있는 소소함으로

함께하자.

20

당

당히 말하고 싶어요. 우리의 만남은

신

이 허락하신 운명이라고.

그리움이 또 마음 끝에 걸렸습니다.

그 그리움이 너무도 환하여

나의 당신인 나를 내려놓았습니다.

내려놓음이 그리움만큼이나 울컥해져 옵니다.

내려놓음, 그리움 모두를

다시 걸어 놓았습니다.

내려놓음으로 더듬으면서 말입니다.

그리움으로 더듬으면서 말입니다.

인생은 운명 같은 거라 하셨지요.

제 마음에 걸린 그 운명, 그 인생은

당신에 대한

내려놓음과 그리움입니다.

오늘은 한 번 천천히 살펴봐주시겠어요?

한때

당신의 운명, 당신의 인생, 당신의 내려놓음, 당신의 그리움이었던

제가

어슴푸레 서 있는지요.

내가 아닌 당신의 추억을 사랑한다면

그래서 당신의 추억이

또 다시 내가 되기를.

21

비

비|비|비|비|비|비|비|비.

우리 마음을 추적해 보는 소리.

비스듬한 소심함으로 내리든
비옥한 당당함으로 내리든
비는 비다.

비스듬히 보이든
비옥하게 보이든
우리는 우리다.

비, 죽지 말자.
기, 죽지 말자.

3

유일무이한
한 글자

나

나
는...

1

___

사

람 사는 게 다 거기서 거기라며

막

살지는 맙시다!

한 번뿐인 내 인생,

사막이 된다면...

생각만 해도 목이 탄다.

모래알처럼 빠지는 월급,

태양 같이 내리쬐는 업무,

함께 있는 것 같기도 한

함께 없는 것 같기도 한 동료들,

그림자 같이 따라다니는

아이들의 외침소리 "엄마!",

나의 오아시스가 되어주길 남편,

너무나도 넓어서

정의내리기 힘든 가족.

나의 사막을 오늘도 터벅터벅 걷는다.

그래도 잊지 말자.

피식 미소.

2

그

렇게 이렇게 저렇게
하루 동안의 그림자가 진다.
힘들게 힘들게 힘들게...

림

(님)과 함께라서
그렇게 이렇게 저렇게

자,

다시 시작이다.

꼼짝도 하지 않고
가만히 있는,
그림자, 니 운명이 부러운 오늘.

퇴근길,

집구석을 생각하며.

3

변

함없이 묵묵히,

지속적이고 열심히 살아내는

나의 순간순간들이

실망하고 속상했던 시간들과

화

해할 수 있는 힘이 되어줄 것이다.

그래서 변화는 늘, 지금부터다.

내가 끝까지 지켜나가고자 하는

변함없는 그 무엇이

진짜 변화한

내 모습이다.

"너, 어젯밤에는 왜 그랬어? 사람 무섭게."

남편의 말이었다.

이유는 생각나질 않는다. 화병이 재발했다. 가슴이 자꾸 쪼그라드는 느낌 때문에 몸을 가만히 두지 못했다. 무작정 냉장고 문을 열어 보았다. 출처를 모르는 샴페인이 있었다. 저걸 마시면 어떨까? 궁금증, 화병에 대한 분노, 일탈의 염원이 버무려져 샴페인을 컵에 따라 마셔 보았다. 맛은 없었지만... 더 마시면 어떨까? 취하는 건 어떤 기분일까? 뇌가 작동을 멈추는 기분, 혼자 무어라 중얼중얼거렸다(무슨 말을 중얼거렸는지 전혀 기억이 나진 않지만 너무 속이 상하고 한탄스럽고 억울했던 그 기분은 남아있다). 한 번씩 미친년처럼 고래고래 소리를 질러대는 나, 아무 말 않고 꼼짝없이 누워있는 나, 화장실 샤워기를 틀어놓고 엉엉 우는 내 모습이 너무너무 싫었다. 이건, 있는 모습 그대로의 나를 사랑해주라는 자기계발서의 조언을 절대 따를 수 없는 내 모습이다. 괴로워하고 좌절하며 고쳐나가야 하는 내 모습이라고 생각했다. 어느 누구나 보일 수 있는 평범한 신경질 같지만, 나는 안다. 내 정신이 아닐 때 나오는 행동이라는 것을. 일종의 정신병.

나 혼자만 괴롭고 끝나는 일이 아니었다. 같이 사는 가족들에게 못할 짓이다. 내 인생을 아무렇게나 내버려두는 직무유기였다.

몸부림.

나를 놓지 않기 위해 13년 전부터 지금까지 함께하고 있는 단어이다.

나는 도대체 왜 이러는 걸까, 방법이 없는 걸까, 기도해도 변하는 게 없 잖아, 이런 젠장, 다 잘될 거라는 허무맹랑한 글들이란, 웃기고 있네, 너 나 잘하셔.

머릿속은 복잡했다. 나 자신에게 끊임없이 질문했고, 끊임없이 기도했 고, 끊임없이 책을 읽었다. 뾰족한 수 없이 반복되는 행위들. 지금도 물 론 그렇다. 한 방에 내 마음을 뻥 뚫어주진 못한다. 그러나 몸부림의 시 간들이 가르쳐 주었다.

그래, 여기까지 잘 왔어.

어느 날, 유튜브 강의에서 듣게 된 이 짧은 한 문장에 울컥해졌다. 성 찰, 기도, 독서라는 이 녀석들 또한 얼마나 답답했을까. 자신들에게 뾰 족한 방법도 없는데 주인님은 닦달을 해대니 말이다. 참 그렇다. 시간 과 노력을 거스르는 한 방이라는 뾰족한 수가 위험할 수도 있는 건데. 어리석기도 했고 지혜롭기도 했다. 기본과 상식을 몰라서 어리석었고, 어리석음을 깨닫고 나의 몸부림을 편들어 주게 되었으니 지혜롭다. 내 꼬라지를 잘 알고, 잘라 버려야 하는 꼬라지에는 관대하지 않으며, 내 가 모르는 사이에 달라붙어 있는 불필요한 꼬라지를 매정하게 대할 수 있는 냉정과 열정 사이. 그 미묘한 사이 속에서 변화는 일어날 것이다.

4

침

을 닦으며 새벽을 닦으며
억지로 억지로 일어났다.

묵

직한 내 어깨가 침묵의 시위를 한다.

얼굴에 열이 올랐다 내렸다,
가슴이 벙벙,
머리가 지끈지끈.

화병이란다.
이유 따윈 알고 싶지 않다.
우황청심원을 먹었다.

그저,
쉬고 싶다.

비
가 오는 건,

틀
사이에서라도 머물며
함께하고 싶어서인가?

셀 수 없는 빗방울에 묻힐 수 있는

나의 비틀거리는 울음을

조금 봐 주자.

비틀하고 올려다 본 하늘은 정상이었다.
비틀하고 내려다 본 땅도 정상이었다.
나의 비틀거림은 정상인 그것들에게
아무런 영향을 끼치지 못했다.

정상인 그것들은
가만히, 거기, 그대로인데
나는 무언가?

괜시리 머쓱해졌다.

정상인 그것들은 하도 넓어서
비틀거림이 티가 나지 않는 것일까?

그럼 나도
넓어지는 것이 먼저인가 보다.

6

사

람 냄새가 싫을 때가 있다.

과

속의 마음을 가질 때였다.

사랑했어야 했어.
사랑해야 했어.
사랑하리라 믿어야 했어.

떠나간,
잊혀진,
미웠던
나의 모든 인연들에게
나는 사랑이어야만 했어.

미안합니다.
죄송합니다.

7

시

련이라고 여겨졌던 것이

시간이 지난 후

시시한 것으로 변해있을 때가 있다.

계

속 열심히 살았다는 증거이지 싶다.

솟아라!
형형색색 나의 아픔들이여!
여기저기 파편들을 튀기며
나의 아픔들을 알리어라.
마지막 힘을 다해 솟아라!
나의 존재를 알려다오.

그러나 내려올 때에는
조용히 웃어주어야 한다.
나의 파편에 맞은 인생들에게
미안하지 않은가.
조롱으로 보이든 사죄로 보이든
너는 그리해야 한다.
나의 아픔들이여,
너는 그리해야 한다.

나의 불꽃놀이 시간은
이걸로 되었다.

8

싫

다라는 소리 한 번 제대로 못하고 자랐더라.

어

설프고 줏대 없는 내 마음은 그렇게 만들어졌더라.

결혼의 순서가 바뀌어서 막내 동생이 아기를 먼저 가졌다. 정말 감사하게도 막내 동생의 시댁 어른들은 막내 동생의 이름을 친근히 불러주셨고, 당신들도 서로의 이름을 불러주는 다정한 부부셨다. 자산도 먹고 살 걱정 없을 정도로 꽤 있었다. 당신들도 아기를 먼저 가진 후 가정을 일구셨기에 아들 역시 그렇게 결혼해야 하는 상황을 전혀 문제로 여기지 않으셨다.

"걱정 마이시소. 저희가 다 알아서 합니더. 결혼식이든 집이든."

"아가, 뭐 먹고 싶은 거 없나? 와 이리 뭘 못 먹노?"

"살다가 못하는 게 있으면 야단치지 말고 가르쳐 주면 됩니더."

막내 동생의 시댁 어른들을 만나 뵙는 자리에서 나는 눈물을 흘렸다. 우리 막내 동생이 구박받고 살진 않겠구나 싶었다. 문제는 혼인 신고를 먼저 해야 하는 이 상황을 아빠에게 알려야 했다. 엄마랑 헤어져 살고 계신지 14년이 된, 가진 게 없어서 가족들 얼굴 보기도 피하고 전화 통화하는 것도 거북해 하시는, 4개월 동안 전화 한번 하지 않은 아빠에게, 내가 이 사실을 알려야 했다.

나는 또 부모님께만 쓰는 목소리, 도레미파솔'라'톤의 밝고 경쾌한 목소리를 냈다.

"아빠, 잘 지내지? 막내가 아기를 가져서 혼인 신고를 해야 할 것 같아. 시댁 어른들을 만나 봤는데 막내를 예뻐하시고 돈도 많아서 걱정 없어. 진행상황 봐서 다시 전화 드릴게."

3초간의 침묵 후 아빠의 대답.

"전화하지 마라!"

젠장. 이래서 나는 아빠랑 통화하기가 싫다. 아빠는 늘 이런 식이다. 미안하다는 마음도, 고맙다는 마음도, 염치없다는 마음도 무조건 분노로 표현한다. 아빠의 속내를 읽을 수 없다면 차라리 마음 편히 미워 할 텐데... 아빠에 대한 내 마음은 늘 줏대가 없다. 속이 장아찌가 되어버린 것 같다. 그래서 나는 처음으로, 정말 처음으로 엄마에게 내 마음을 이야기했다.

"가정도 못 지킨 게 누군데, 아빠가 화낼 자격이나 있어?"

"느그 아빠는 평생 그리 살았다. 국보급이다."

엄마, 나는 아빠가 싫어. 아빠를 싫어할 수만 없는 내 마음도 싫어. 국보급 아빠랑 만난 엄마의 삶도 싫어. 이제라도 말할 거야. 싫어! 싫다고!

9

눈
이 감긴다는 것,
진짜 힘들다는 뜻이다.

물
한 잔이 필요하다.
내 마음에.

눈물아!
진실이 무엇인지 알고자 할 때,
내 마음이 말을 하지 않을 때,
얼마든지 부어 주려므나.

10

___

마
구마구 부대껴서 새까맣게 되어버렸다.

음... 그래도
반짝반짝 빛나는 보석이 숨어 있을 거야.

'어느 날 문득'이라는 것.

조금씩 조금씩,

알게 모르게,

내가 쌓아왔던 노력이며

내가 캐내고 있던 보석이더라.

11

성

공의 정의는 사람마다 모두 다른,

주관적인 성격을 띠고 있는 것 같아요.

하지만,

과

정 속에서

행복을 찾을 수 있는 여유로움과 정확한 목표는

성공으로 이어질 수 있는

재료가 되어 주리라 믿어요.

걸어가야 할
뚜렷한 길이 보이지 않아 가만히 서서
흘러넘치도록 놔 둬버린 마음,
강물에 섞여 찾을 수 없을 때
그냥 배를 타고
이쪽에서 저쪽으로 건너가 보았다.

길이 보였다.

울퉁불퉁한 길,
그래도 길이었다.

12

___

작

심하고 글을 쓰려니 불필요한 힘이 들어가서

가

녀린 내 마음을 그냥, 손 가는대로 끄적여 본다.

엄마 팔베개에 누워 맡았던,
엄마가 읽고 있던 책 냄새가 좋았다.
엄마 팔베개에 누워 느꼈던,
엄마의 편안한 마음이 좋았다.

그래서 나는
서점에 가면 책장을 휘리릭 넘기며
"음~"소리를 낸다.

그래서 나는
책이 나오기까지 필요한 노트, 볼펜, 샤프, 책들, 서점을 보면
무조건 눈길이 간다.

그래서 나는
작가가 되고 싶었던가 보다.

13

샤

샤삭~. 어디서 이런 춤사위를 배웠니?

프

리한 너의 영혼을 배우고 싶구나.

샤프의 묻힌 친구, 지우개에게

지우개야, 너에게 이렇게 편지를 쓰려니 미안한 마음이 드는구나. 샤프, 볼펜, 연필, 네임펜, 매직, 노트와 함께 너 역시 필기도구에 포함되지만 늘 조연 역할을 하고 있지. 사랑을 연필로 써야 하는 이유가 쓰다가 틀리면 지우개로 깨끗이 지워야 하기 때문이라는 노랫말이 너에겐 조금 슬프게 들릴 수도 있을 것 같아. 그런데 지우개야, 우리 다르게 한 번 생각해 볼까?

니가 있어서 나는 글을 쓸 수 있단다. 니가 없었더라면 작가인 내 꿈은 이루어질 수 없었을 거야. 니가 있어서 우리 아들들이 조그마한 기쁨을 누리고 있단다. 바나나 모양, 공룡 모양, 음식 모양의 너는 보기만 해도 귀엽고 깜찍해. 우리 아들들이 너를 얼마나 아끼는지 몰라. 바나나 모양의 너는 몸이 반 정도 닳아 있지만 그것 또한 사랑받고 있다는 뜻이잖아?

네 덕분에 나의 못난 마음을 다시금 고칠 수 있었어. 2박 3일 출장을 다녀와서 변기 여기저기에 묻어 있는 오줌들, 오늘 밤에 돌려놔야 월요일 날 가지고 갈 수 있는 아들들의 태권도복, 물에 담긴 시커먼 실내화를 보았을 때 나도 모르게 이런 소리가 입 밖으로 나왔어. 이런 씨발. 그리고 글로도 적었지. 감정이 가라앉고 나서는 너의 도움으로 욕은 지웠단다. 니가 아니었다면 나는 내 마음을 정리하지 못했을 거야.

사람은 후회와 반성 속에서 변화하고 성장한다고 하잖아. 지우개야! 너는 나의 후회, 반성, 변화, 성장과 함께 해주는 멋진 친구란다. 후회와 반성을 위해서 쓰고 고칠 수 있는 네가 없다면 얼마나 부끄럽고 불안하겠니? 그러니까 어찌 보면 너는 디자이너야. 쓰고 지우고, 쓰고 지우는 가운데 내 마음과 미래를 디자인할 수 있도록 도와주잖니.

그러니 지우개야! 니가 살이 빠지면서 작아지는 것, 때가 나오는 것에 대해 슬퍼하거나 속상해 하지 않았으면 좋겠어. 지우개야, 도와줄 수 있지?

14

새

록새록 떠오르는 나의 37년 삶이

벽

이 아닌 문이었음을 알게 된
나의 이 시간, 나의 글.

째깍째깍.

쓱싹쓱싹.

사부작사부작.

내 미래가 태동하는 소리.

15

현

명하게 솔직하게 누려보자.

재

미는 지금이 제 맛!

어깨와 허리가 아픈 건,

고정된 자세로 내가 좋아하는 글을 썼기 때문이다.

아픔을 고통이라고만 말할 수 없고

아픔을 재미라고도 말할 수 있는 이유다.

16

——

청

바지가 잘 어울렸었는데

춘

하추동 4계절이 몇 번 지나니 이제는
들어가질 않는다.

특별한 이유가 없다. 내가 22살에 결혼하게 된 것은.

남편이 우리 집에 와서 나랑 사귄다고 부모님께 인사를 했고, 아빠는 서로 좋아하는 것들 말려봐야 소용없다 하셨고, 엄마는 데려가려면 빨리 데려가라시며 예식장이 비어있는 날짜에 내 결혼날짜를 잡으셨다. 그냥 그런가 보다 하고 결혼해서 일하며 아줌마로 살고 있는 것이 16년 째. 그래서 나는 '청춘'이라 일컬어질 만한 추억이나 사람들이 없다. "지지배."라고 부를 수 있는 학창시절 친구들과의 모임, 아이들을 키우면서 울고 웃으며 서로의 마음을 다독여주는 맘 카페, 우아하게 독서 후 서로의 생각을 나누는 녹서모임, 차 한 대 값과 맞먹는 오토바이에 해골 모양의 조끼와 두건을 세트로 두른 오토바이 동호회, 아파트 주민으로 만났다가 커피숍에서 반나절을 함께할 수 있는 아줌마 부대. 내가 한 번도 속해 보지 못한 모임이다.

남편 월급을 이렇게 저렇게 요리해 슬쩍 가방을 사는 일, 피부과에 가서 시술이나 성형을 하는 것, 헬스장에서 몸에 쫙 달라붙는 옷을 입고 고무줄로 야무지게 묶은 긴 머리카락을 휘날리며 폼 나게 운동하는 것, 미니스커트나 어깨가 드러나는 웃옷을 아무렇지 않게 입는 것. 내가 해 보지 못한 경험이다.

그런데 참으로 신기한 건, 누려보지 못한 청춘에 대해 억울한 감정이 들거나 20년 전으로 돌아가고 싶다는 생각이 들지 않는다는 것이다. 눈이 오나 비가 오나 바람이 부나 매일 일을 하며 아들을 한 명, 두 명,

세 명 낳고 키우다 보니 청춘의 짜릿한 매력보다 세월의 흐름이 주는 그윽한 매력을 더 사랑하게 됐다면 이것도 하나의 특권 아닐까?

친정엄마를 바라보는 시선과 마음도 예전보다 깊어지고 따스해졌다. 마음을 표현할 만큼의 물질적 여유로움은 없지만 바꿀 수 없는 내 상황 역시 받아들였다. 가질 수 없는 것들에 대한 질투의 삿대질 대신 내 마음을 상하게 하는 사람들의 말과 행동에 대해 한 번 더 이해해보려는 마음을 넓혀 나갔다.

기억할 만한, 추억할 만한 청춘이 없는 것도 내게 주어진 인생의 일부다. 그리고 감사한 것은 먼 훗날 내가 할머니가 되어 돌아봤을 때 청춘이라 부를 수 있는 현재가 있다는 것이다.

"아빠가 좋아, 엄마가 좋아?"라는 질문에 씨익 웃으며 대답 못하는 큰아들이 있고,

나의 똥배를 주먹으로 꾹꾹 눌러 넣으며 살 좀 빼라고 관심 가져 주는 둘째 아들이 있고,

아직까진 업어주기에 가벼워서 내 등을 더 빌려줄 수 있는 막내아들이 있다.

"자긴 정말 매력적이야. 이 뚱땡이."라며 내 몸이 닳도록 어루만져 주는 남편이 있다.

행복하고 감사한 이 순간만큼은 조금 잡아두고 싶다.

내게 있어 청춘은 바로 '지금'이다.

17

사

사로운 감정들을 처리하는 방식이

진

짜 나의 모습이 되어 사람들에게 각인되다.

비 내리는 월요일, 사진전에 갔다. 얼마나 운치 있는 일인가.

비가 내리고 한가한 월요일에 사진전이라니. 나는 원래 문화생활을 잘 누리지 않는다. 그럴만한 시간적 여유나 마음의 여유가 없었다. 먹고 살기 바쁜 인생에 문화를 누린다는 것이, 워킹 맘인 나랑은 뭔가 맞지 않는 것 같았다.

그런데 글을 쓰면서 마음의 여유가 생겼다. 그리고 나에게도 휴식이라는 게 필요하다는 걸 알게 되었다. 사진을 감상하고 있는 내 모습을 3 인칭 시점에서 상상해 보니 멋있게 느껴졌다. 욕심을 부려 사진전에 온 건 사진전을 다녀오면 글감이 생길 것 같아서였다. 이미 사진전을 다녀온 사람들의 블로그에서 사진들을 보면서 가슴이 두근거렸었다.

사진전을 한 번도 가보지 않았던 남편과 내게는 1만 2천 원의 입장료가 거금으로 느껴졌지만 벙벙거렸던 나의 가슴을 증거물로 삼아 사진전 입구로 향했다.

'경이로운 혹은 흥미로운'이라는 주제로 전 세계 사람들의 '의미 있는 순간'들을 관람객과 공유하고자 합니다.

사진작가는 한 장의 사진을 찍기 위해 똑같은 장소에서 몇 시간을 기다리는 수고를 했을 것이고, 사람들에게 양해를 구하고 사진을 찍어야 하는 용기가 필요했을 것이며, 자신이 원하는 구도가 만들어지기까지 사진에 담고자 하는 대상들의 움직임을 관찰하고 고민해야만 했을 것이다.

문득, 부모로 살고 있는 우리네 삶에 대해 생각해 보게 되었다. 아이가 세상을 잘 살아나갈 수 있도록 온갖 희노애락을 견디며 기다려 주는 인내, 아이가 사람에게 실수했을 때 상대방에게 먼저 다가가 엄마로서 용서를 빌 수 있는 용기, 아이가 무엇을 생각하고 있는지 적당한 거리에서 관찰하며 어떻게 도와줄 수 있을까 심사숙고하는 부모의 고민은 사진을 찍는 예술가의 고뇌와 닮아 있는 것 같다.

좋은 부모가 되어야지, 오늘은 절대 화를 내지 말아야지, 역시 나는 안 되는가 봐, 자식이라는 존재가 없었으면 좋겠다, 이런 나쁜 생각을 하다니 난 역시 부모 자격이 없나 봐. 하루에도 몇 번씩 마음이 왔다 갔다 한다. 그러다가 예상치 못하게 아이들이 "엄마, 내가 도와줄까?", "형아, 우리 같이 놀자."라는 아름다운 말들을 내뱉으면 '내가 헛살고 있진 않구나.'하고 안도하게 된다.

엄마인 나의 여러 가지 모습들이 내 아이의 삶에 아름다움으로 추억이 될 수 있도록, 나는 오늘 사진전에서 아이들을 생각하며 아래 글귀를 옮겨 왔다.

> '그 누구도 찍을 수 없는 무언가를 엄마는 찍을 수 있다.'

(하지만 사진전을 나오면서 나는 "1만 2천 원이면 책을 한 권 사볼 수 있는데..."라고 궁시렁거렸고

남편은 "1만 2천 원이면 맛있는 밥 한 끼를 사 먹을 수 있는데..."라고 궁시렁거렸다. 앞으로는 돈을 내고 입장해야 하는 사진전을 가기는 힘들 듯하다.)

4

내 직장을 아프게 하는 곳

직장

직

급에 상관없이 우리 모두

장

수하는 행복이 있기를 바라봅니다.

1

―

오~
왔노라, 보았노라!
다시 돌아온 월요일.

늘,
변함없이 소망해 본다.
월요일이 오지 않기를…

오늘 하루

정말 오글거림.
(사람들을 대할 때)

진정성을 위한 노력.
(일을 대할 때)

나의 태도에 박수.
(컨디션 좋을 때)

2
———

커

져가는 스트레스.

피

로를 한 모금 재워주는 니가 생각 나.

행복은 소소한 것에.

커피야, 땡큐.

"커피 한 잔 드세요."
순간을 향기롭게 맞이할 수 있도록 건네주는
달콤한 한 마디.

아쉬운 점 :

커피는 한 잔으로 늘 부족하다는 것.

3

돈

데기리기리 돈데기리기리 돈데크만!

월급날로 돌아가라!

*돈데기리:

1993년, MBC에서 방영된 〈시간탐험대〉 만화에서

시간여행시, 주전자가 외웠던 주문.

이것은 무엇일까요?

있는 듯 없는 듯합니다.

어떨 땐 만져보지도 못합니다.

사람 애를 태웁니다.

그러나 늘 기다립니다.

많으면 많을수록 좋습니다.

그래서 좀, 베풀 수 있었으면 합니다.

사람의 마음을 들었다 놨다 하는 요물입니다.

월급.

4

칼
의 노랫소리를 들어보자.

퇴
근~퇴근~퇴근~♪

칼퇴,

제일 날카로운 시간.

새벽의 어두움과
밤의 어두움을 공유하는
우리들이여!
드문드문 빛을 보아라.
우린 모두 함께다.

직장인.

5

강
하게 헷갈리는
퇴근 직전의 사무실 풍경.

박
하게 떨어질락말락하는,
퇴근 직전의 발걸음.

창문은 잠궜는가.
보일러는 껐는가.
컴퓨터 바탕화면은 껐는가.
콘센트는 뺐는가.

그 분은 가셨는가.

6

미
리 미소 지음으로
내 마음을 무장시킨다.

소
리 없이 다가올 오늘의 치열함을
열심히 잘 살아내기 위해서다.

무에 그리 손을 흔드는가?
마중인지, 배웅인지 모를
너의 춤사위에
더 피곤하다.

흔들흔들 흔들.

알았다, 알았다.
슬며시 미소.

되었지?

퇴근길 나뭇가지.

7

파
김치, 참 맛있어.
근데 먹고 나면
입 안에서 냄새가 안 빠져.

도
로 반찬뚜껑을 닫았어.
일 마치고 와서 먹게.

잠잠한 모습도 너,
철썩거리는 모습도 너,
눈부시게 빛나는 모습도 너.
그러니
파김치가 되었을 때도
힘내!

그만 되었다, 그만 되었다.
때로는 잔잔하게,
때로는 심하다 싶을 정도로,
나에게 쏟아내었다.

무엇이 되었다는 것인가?

살기 위해 끄적거려 보는
샤프 손놀림과 함께하는 詩.
건강을 생각하게 된
서글픈 나이의 국민체조.
이미 성공한 사람들의
자신 있는 글귀에 밑줄 긋기.
너무너무 보고 싶은
하나님 얼굴 대신 성경읽기.
먹고 사는 일, 참 중요하지.
출근길과 퇴근길.

진짜 그만 두라는 건가?
이만큼 노력했음을 치하하는 건가?

철썩거리는 파도의 색깔이 예쁘니
칭찬과 격려로 알아듣겠다.

8

얼
얼한 내 마음을 녹여주는

음...
공감의 감탄사 한 마디.

1분 동안 얼음이 되어 가만히 쉬는 것.

직장인이 제일 힘들어 하는 것.

9

보
고 경험하고 느끼는
오늘 하루 가운데
많은 아픔과 슬픔을 마주해야 할 때

호~
하고 자신의 마음을
위로하고 다독거려줄 수 있는
그 무엇 하나는 꼭 있기를.

퇴근길에 서점을 갔다.
서점에 있는 책들보다는 적었던
오늘 하루
감정들의 개수.

10

현
재가

미
래다.

그러니 밥 맛있게 먹고 힘내자!

오늘이 진정 월요일인가?
내 소원 중 하나,
먹고 사는 걱정 없는 뽀로로가 되는 것.

노는 게 제일 좋아. ♪

11

진

심을 다해야지 했다가도

짜

증 나는 고객들에 대한 내 마음을 압축했어.

야!

로또만 돼 봐.

넌 아웃이야.

진짜야!

12

———

허
억, 소리가 나오다.

리
어카가 된 내 몸을 지탱하느라.

어깨엔 마이크 가방, 노트북 가방.

손엔 간식 가방, 내 가방.

밥상을 내려놓다

허리를 삐끗하다

광주로 출장가다

강의장 스텝하다

걸음이 어설프다

과일을 씻어깎다

시간이 개느리다

이제는 팔저리다

내몸에 서러움다

13

—

휴...
고민된다.

일
때문에 쉬는 날을 바꿔 달라는데.

쌤쌤이라도 그렇지.

기분이라는 게 있지.

리얼

진심

그 날에 쉬고 싶다.

5

그, 그, 그

그것과 그 곳

그
렇지!

것
봐~. 멋있지?

그
렇네.

곳
곳에 숨어있는 소소한 행복.

1

——

서

로 데려가 달라고 아우성이다.

점

찍은 아이들만 데려올 수밖에 없어서
미안한 마음이다.

내가 태어나기 전,
엄마 뱃속에 있을 때
이런 느낌이었을 거야.

나에게 생명을 준 너.

2
—

기
력이 다하였다.

차
근차근, 칙칙폭폭
생각을 쉬어보자.

분명 빨리 가고 있는데 너는 참 여유로워 보인다.

이유가 뭘까?

쉬어가는 정착역이 너의 힘이지 싶다.

멋있는 놈.

10분.

출근길 기차 안에서 보내는 시간이다. 눈을 붙여 잠을 청하기에도 애매한, 글을 쓰기에도 애매한, 열차 카페 주전부리를 사서 편안히 먹기에도 애매한 시간에 나는 늘 책을 꺼낸다. 어떤 날은 한 장, 어떤 날은 5장 정도를 읽는다. 쉽사리 넘어가는 책이냐 생각을 많이 하게 되는 책이냐에 따라, 내 컨디션에 따라 같은 시간에 읽게 되는 페이지 수는 달라진다.

10분 퇴근길에도 마찬가지다. 습관을 따라 책을 꺼내 든다. 머리 쓰는 일을 많이 해서 집중이 안 되는 날이면 이미 앞에서 보았던 책장을 뒤적거려 본다. 또는 책장 귀퉁이를 접어놓은 페이지만 골라서 빠르게 읽어본다. 눈에 보이는 성과가 있어야 뿌듯함을 느끼는 내 성격으로서는 이런 독서가 성에 차질 않는다. 한 장보다는 두 장, 네 장보다는 다섯 장을 읽어야 무얼 해낸 것 같은 보람을 느낀다.

어느 날 문득.

머리가 띵하게 아파와도, 1박 2일 출장을 마치고 집으로 돌아가는 기차 안에서 책을 꺼내드는 내 모습이 이상하다는 생각이 들었다. 그래, 내가 책 좋아하는 건 알겠는데 이놈의 책, 굳이 지금 읽어야 되나? 책을 안 읽으면 뭐가 어떻게 된다든?

나는 멍 때리며 쉬는 시간을 용납하지 못했다(멍 때릴 때 창의적인 생각이 많이 떠오른다는 사실을 진작 알았어야 했는데). 아이들을 학교와 어린이집에 보내놓고 쉬는 날, 좀 더 자도 되는 것을 잠자는 시간이 아깝고 불안했다. 남들보다 뒤처진다는 생각에 한 장도 읽지 못할 책 서너 권을 항상 머리맡에 두었다. 그리곤 피곤해서 책 표지들만 훑어보고 다시 책꽂이에 꽂는 일을 쉬는 날마다 반복했다.

누구보다 열심히 살았다고 자부한다. 지금도 열심히 살고 있다. 아들 셋 낳았고 결혼하고 16년이 된 지금까지 6개월을 제외하고는 계속 일을 했다. 집에서 지냈던 6개월 동안에도 글을 써서 출판사들에 원고 투고, 강의를 제안하는 기획안도 만들어서 고등학교와 교회에 발송하는 짓들을 했다(내가 '짓들'이라 표현한 것을 보면 결과를 예측할 수 있을 것이다. 몇 십 군데 출판사에서 퇴짜, 강의 기획안을 보낸 몇 십 군데 고등학교와 교회에서는 한 통의 거절 메시지조차 받지 못했다). 쉬지 않고 일했던 것이 습관이 되어서일까, 그나마 지금을 유지할 수 있는 비결이 쉼이 없었기 때문이라고 생각해서 일까.

그런데 열심히 일하고 퇴근하는 길이면 쉬어도 되는 거였다. 출장을 다녀오는 길이면 쉬는 게 상식인 거였다. 쉬는 날에는 쉬는 것이 이치에 맞는 거였다. 혹사당한 내 몸과 마음에 미안하다는 생각이 든다. 그래도 많이 미안하지 않은 것은 편안히 쉬는 게 아직도 어색하기 때문이다.

이제는 멍 좀 때려도 되지 않을까.

나 자신에게 관대하라, 열심히 일한 당신 떠나라!

이런 구호가 아니더라도 피곤하면 쉬고, 잠이 오면 자는,

그저 몸이 보내는 신호에 끄덕거려주는 평범한 선택을 해 보는 것도

좋다.

가방에서 책을 빼고 다닌 지 며칠 되었다.

출퇴근길 기차 밖 풍경을 바라보았다.

가을이었다.

3

___

여

기 저기, 구석구석 내 마음들을 꺼내어

행

거에 널어놓고 뽀송뽀송 말리다.

제자리로 돌아오기 위해 준비하던 옷가지부터

현관에서 벗어놓은 신발까지

네가 묻어 있구나.

털어버리지 않을게.

4

시

시해 보일 거야. 긴가민가 싶기도 하겠지.

작

렬하는 의심을 작렬하는 행동으로 보여 봐.

END가 멋있기 위해서는

AND가 멋있어야 한다.

엄마, 생일 선물로 기쁘게 해 드리고 싶었는데,
왜 돈을 쓰냐며 화를 내시니 눈물이 났어요.
엄마, 제가 돈 많이 벌어서 좋은 것도 많이 사
드리고, 맛있는 것도 많이 사 드릴게요.
이 편지를 읽고 제발 야단치지 말아 주세요. 또
눈물이 날 것 같아요.
엄마는 저의 영원한 공주님이세요. 아시죠?
(아빠에게는 제가 편지 썼다는 것, 비밀이에
요).

내 기억으로는 본격적으로 글을 쓰게 된 계기가 '억울함'이었던 것 같
다. 엄마에게 억울한 마음이 들 때면 나는 편지를 썼다. 기분에 따라 웃
다가도 화를 내는, 변덕이 심한 엄마 앞에서 내 마음을 솔직하게 말한
다는 것이 불안했었나 보다.
어느 날인가, 내가 엄마에게 썼던 편지들을 다시 읽어보았다.
어쩜 이렇게 상처가 많을까, 구구절절 쓴 마음들이 참 구질구질하다는
생각이 들었다.
나의 아팠던 마음이 과거형이 아니라 현재 진행형인 게 창피하기도 하고,
나를 좀 봐 달라고 아우성치는 여린 모습에 화가 나기도 해서 그 뒤부
터는 글쓰기를 멈추었다.
나의 모든 것을 까발리는 듯해서 글을 쓰는 행위가 두려워졌다.

상처든, 눈물이든, 분노든, 억울함이든 드러내기 싫어졌다.

곪으면 터지는 거였다. 나 역시 그런 기분과 엄마를 닮아서 아들들에게 이랬다저랬다 하는 변덕쟁이 엄마가 되어 있었다. 남편이 "프라이팬은 빡빡 씻으면 안 돼."라고 말하는 것에도, 4시까지 만나기로 했는데 4시 10분에 나오는 사람을 대할 때에도, 설거지하고 있는데 "엄마." 하고 부르는 아이들의 소리에도 "왜? 뭐? 쫌!"이라며 화를 냈다.
내 생각에 어긋나는 상황, 내 행동에 대해 조금이라도 평가하는 말, 내가 무언가 하고 있는 시간에 비집고 들어오는 것들에게 분노했다. 아무도 없는 곳에 가서 조용히 살고 싶다며 나를 좀 내버려 두라며 떼를 썼다(이런 내 모습을 지켜봐야만 했던 남편과 아이들은 어땠을까).
어떤 날은 가슴 속에서 불같은 게 끓어올라서 방을 빙빙 돌았다. 어떤 날은 샤워하고 있는 남편의 등을 몇 대 후려치기도 했다. 어떤 날은 "이 새끼들이!"라며 아이들의 존재를 무시했다. 내 안의 또 다른 나에게 정신을 조종당하는 듯한 느낌이 아주 더러웠다.

그래서 나는 용기를 내야만 했다. 글쓰기를 다시 시작한 것이다.
새벽 틈틈이, 일하는 틈틈이 끄적거렸다.
내 마음을 육하원칙에 맞추어 다 써 내려간다는 게 부끄러워서 생각해 낸 글의 형태가 2행시였던 것 같다. 함축된 내 마음이었지만 충분히 약이 되어 주었고, 2행시를 한 권 분량만큼 썼을 즈음, 내 마음을 에세이

형식으로도 주절거리며 쓸 수 있게 되었다. 그리고 그 글로 생애 첫 출판 계약을 맺게 되었다.

나는 글을 쓰는 행위가 어떻게 치유의 능력을 가지게 되는지 과학적 근거를 모른다.

하지만 이거 하나는 확실히 안다. 내 존재의 시작에는 글쓰기가 있었고, 내 존재의 끝에도 글쓰기가 있을 거라는 걸. 글을 쓰면서부터는 정말 거짓말처럼 착한 사람이 되었다.

그럴 수도 있지 뭐, 내가 저 상황이라면 어떠했을까, 말 못할 사정이 있을 거야, 상대방은 오죽 답답하겠어, 이런 배려와 공감의 생각들이 불쑥불쑥 출현하는 거였다. 그렇다고 "난 착하고 훌륭해. 하하하!"라며 으쓱거릴 정도는 아니지만, 물이 길을 따라 조용히 흘러가듯 내 삶을 제 3자의 눈으로 바라보게 되는 요즈음이다. 글쓰기의 묘미에 대해 다른 사람들에게 멋들어지게 설득할 자신은 없지만 그냥 내가 믿는 바는, 글쓰기는 좋은 시작과 좋은 끝을 보장해 준다는 것이다.

글아, 고맙다!

5

___

선

선하게 불어오든 세차게 불어오든 우리를 위해주는

풍

만한 너의 마음을 알고 있어.

기

어이 너는 열정이 넘쳐서 더 뜨거워졌구나.

제자리에 서서 변함없이 우리 모두를 돌봐 주시는 풍기 씨.
쉴 수 있는 날이 얼른 오길 바랄게요.

너무 더워라.

6

―――

행
동한 것들에 비해
너의 노고가 잘 드러나지 않는구나.

주
렁주렁 매달려 수건행세하며
오늘은 햇빛과 놀고 있으렴.

결혼하고 16년 동안 담을 쌓고 살고 있는 영역이 바로 요리다.

내 변호를 좀 하자면 22살이라는 어린 나이에 결혼하느라 엄마에게 요리를 배운 적이 없었고,

워킹 맘으로 아들 셋을 키우느라 예쁜 앞치마를 하고 우아하게 서서 요리할 시간이 없었고,

시간 투자한 것에 비해 맛을 보장할 수 없는 결과물에 도전하기가 싫었다.

그래서 나는 내 고민과 부족함을 감싸주시는 반찬 가게 운영자 분께 정말로 감사한 마음이다.

반찬 가게에서 반찬을 사서 나오면서 나는 꼭 이렇게 인사를 드린다.

"감사합니다. 잘 먹겠습니다."

요리하는 것을 싫어해서 같이 천대받는 물건이 있었으니, 바로 행주다.

생긴 것처럼 축 늘어진 대접을 받고 있다. 예쁘게 접어서 상을 닦아본 기억이 없다.

그냥 물을 묻혀서 아무렇게나 손 안에 쥐고 상을 스윽 훑어주는 수준이다.

상의 크기도 아담하고 상 위에 놓는 밑반찬 개수도 얼마 되지 않는다. 그러니 행주가 하는 일의 반경은 좁을 수밖에. 이런 행주를 나는, 여기 저기 구멍이 뿅뿅 뚫릴 때까지 사용한다. 구멍이 난 것을 봐도 아무런 느낌이 들지 않는다. 물을 묻히는 데, 상을 닦는 데 지장이 없으면 그만이다. 그래서 행주를 새 것으로 바꾸는 역할은 늘 남편 몫이다.

"저거 사 줄까?"

우리 신랑이 나에게 무엇을 사 주는 것에 대해 유일하게 관대해질 때는 속옷 가게를 지나칠 때다. 열정적인 빨간 색, 야생의 기운이 느껴지는 호랑이 무늬, 반짝거리는 꽃무늬가 그려진 브래지어와 팬티.

"뭐 하러. 집에 속옷 있어."

나는 이것저것 사는 것을 좋아하는 성격이지만, 속옷을 사는 데만큼은 인색하다. 런닝은 줄이 늘어져 어깨를 타고 내려올 때까지, 브래지어는 모양이 어그러질 때까지, 팬티는 구멍이 날 때까지 입는다. 굳이 이유를 대자면, 돈이 아까워서다. 속옷이 제 기능을 못하는 날까지 불편함도 느끼지 못한다. 속옷 살 돈으로 차라리 책을 사 보겠다. 옷을 하나 사 입겠다. 외식을 한 번 하겠다.

> '왜 이렇게 아깝지?' 하고 생각되는 것, 당신에
> 겐 무엇인가요?

떨어진 행주에 무감각한 나, 속옷을 사는 데 인색한 나를 되돌아보게 된 김창옥 작가님의 〈당신은 아무 일 없던 사람보다 강합니다〉 라는 책에 나오는 글귀다.

> 제 경우, 다른 사람에게 보이는 부분에는 돈
> 을 아끼지 않고 있었습니다. 사람들이 봤을 때

'어, 저거 비싼데.'라고 할 것들이죠. 예를 들어 차, 옷, 신발, 시계 등은 조금 비싸더라도 구입합니다. 반대로 정기적으로 바꿔야 하는 면도날이나 날마다 쓰는 수건은 잘 사지 못합니다.

나에게 가장 인색했던 건 나 자신 아니었나요?

나도 나 자신에게 인색하고 소홀한 것 아닌가? 라는 생각이 들었다. 나 자신에게 투자를 해 봐야겠다는 다짐으로 속옷 가게 앞에 섰다. 브래지어와 팬티 세트 가격이 세일해서 5만원이 넘어갔다. 고민이라 말하기에도 민망할 짧은 시간에 내 생각은 바로 바뀌었다. 나에게 투자는 무슨.

나는 내가 생각하기에 비싸다 싶은 물건을 볼 때면 책값과 비교하는 습관이 있다. 저 돈이면 책 3권을 사고도 커피 한 잔을 사 먹을 수 있겠다 하는. 그래, 나는 나 자신에게 투자하고 싶은 물건이 책이었던 것이다. 내가 사 오는 책을 보며 우리 신랑은 말한다. 서점을 차릴 거냐고. 어쩌겠는가. 책 제목만 봐도 뿌듯하고, 책 냄새만 맡아도 좋고, 그냥 제자리에 꽂혀져 있는 것만 봐도 든든한 것을. 영혼 없는 것들 중에 유일하게 말을 걸게 되는 물건인 것을(고기와 옷에게도 말을 걸긴 한다).

구멍 난 행주가, 늘어진 속옷이 생각을 할 줄 안다면 나에게 이렇게 말하겠지.

"주인님, 너무 하신 것 아니에요? 다른 집 애들을 좀 봐요. 주인님의 브

랜드 가치도 좀 생각해 주세요. 아무리 누가 안 본다고 해도 그렇지, 이건 좀 너무하네요."

그러나 나는, 아직까지 행주와 속옷을 사는 데 돈을 투자할 생각이 없다.

나에게 인색한 것이든, 남의 시선을 의식해야 하는 물건을 더 선호하는 것이든 이유야 상관없다.

그게 뭐 그리 중요하다고. 사는 데 내가 불편하지 않으면 된 거지.

나 자신을 위하라는 다른 사람들의 생각에 맞추기보다 나는 내 서재를 만들 상상을 하며 책을 계속 사재기할 것이다. 책을 사는 돈은 하.나.도. 안 아깝다.

7

지
각할까 봐 막 뛰었는데 기차 연착 소식에

연
달아오는 안도감과 억울함.

예측할 수 없는

우리 지연이.

8

태
양같이 마음이 뜨거워질 때

도
리에 알맞게 온도조절을 하는 것.

구부정한 내 등은
초등학교 때 앉은키가 커서
숏다리라고 놀림 받을까 봐 걱정했던
내 열등감의 결과이다.

이제는
구부정한 내 등이
겸손의 동력이 되었으면 한다.

9
―

적
이 없으려면

당
당함을 감추면 된다.

히
히히, 좀 웃어주며.

좋은 건지 안 좋은 건지 모르겠다.

적당히히히히히.

바람이 적당히 시원하다.
기분도 적당히 좋다.
날이 적당해서
모든 날이 눈부셨다던
공유가 보고 싶다.

10

—

카

레이서처럼 빛의 속도로 쌩! 갖고 싶은 것들과 함께

드

라마의 환상처럼 나를 홀리는 이 녀석.

"카드 내 놔."

신랑의 최후통첩이 있었다.

책과 옷만 보면 피의 온도는 올라가고 머릿속에서 떠나지 않는 한 글자.

"사."

이어서 남편의 얼굴과 함께 떠오르는 한 글자.

"死."

하루는 남편이고 뭐고 다음 달에 어쩔 건데 라는 경고음도 무시하고 옷을 20만 원어치 샀다(우리 집 한 달 생활비, 내 월급을 생각해 봤을 때 남편에게 잔소리 듣기에 아주 충분한 금액이다).

그 뒤로 카드는 내 곁을 떠나게 되었다. 카드 반납 몇 달 전, 내가 생각해도 너무한다 싶어서 남편에게 먼저 말을 꺼냈다.

"아무래도 안 되겠어. 카드 있으면 자꾸 뭘 사려고 해서… 내 카드, 그냥 자기가 보관해 줘."

"아니야, 그래도 무슨 일이 있을 줄 알고. 가지고 다녀."

그때까지만 해도 관대했던 남편이었지만 한 번, 두 번, 세 번 옷을 사들이는 나를 지켜보다가 우리 가정의 미래를 위해 남편은 카드 압수라는 결단을 내리게 된 것이다.

무얼 자꾸 사고 싶어 하는 것은 정서적 허기 때문이라는데, 하지만 정서적 허기의 원인은 알고 싶지 않았다. 다만, 책을 한꺼번에 30권 정도 사서 양 손에 나누어 들어보고 싶고, 옷은 색깔별로 한꺼번에 10벌을 사 보고 싶었다.

급하게 택시를 타야 한다거나 물건을 사야 해서 남편의 카드를 빌려올 때면 남편은 늘 걱정스런 눈빛을 보낸다. 내가 또 지를까 봐. 그런데 언제부터였을까. 남편의 카드를 긁고 싶은 충동이 들 때면 나 자신에게 질문을 던져보게 되었다. '이거, 지금 당장 필요한 물건이야?', '이 책은 시간될 때 서점에서 느긋이 앉아서 봐', '이런 종류의 옷은 있잖아. 예쁘다는 이유로 그냥 살 거야?'
갖고 싶은 옷, 책, 노트, 볼펜 등을 손에 쥐었다 놨다 하다가 결국에는 제자리로 돌려놓는 횟수가 늘어났다. 신기하다 싶었다. 내 변화의 이유가 참으로 궁금했다.
우연의 일치인지 모르겠지만 글을 쓰면서부터였다(글쓰기는 나의 어린 시절부터 함께한 친구지만, 글을 쓸 때 희열을 느끼며 몰입 상태가 되는 것을 경험을 한 것은 올해 여름부터다).

글을 쓰면서 마음도, 주변도 정리하고 싶어서 집 청소까지 깨끗이 하게 되었다(100리터짜리 쓰레기봉투 4장을 채웠으니). 글이라는 게 참 묘하다. 카드는 내 본능을 홀려 이성을 마비시키지만, 글은 내 본능을 홀려 이성은 이성대로, 감성은 감성대로 최대치로 끌어 올려주는 역할을 한다.
카드를 쓸 때와 글을 쓸 때 느끼는 묘한 기운이 비슷하긴 하나, 과정과 결과 면에서는 큰 차이가 있다. 글쓰기가 나를 더욱 홀려서 나 자신을 더욱 더 찾아갈 수 있도록... 노트와 볼펜과 책은 계속 구입을 할 것이다. 하하하.

11

———

마
주치는 사람의 눈빛을

음
미해 보면 조금 알 수 있는 것.

마음이란?

Why? What? How?

3개의 W가 살고 있는 곳.

double you.

12

―――

사
랑이 모든 문제의 답이다.

명
백한 이 사실을 내가 받아들일 때
알게 되는 것.

4名

사랑에 설레다.
사랑해서 아프다.
사랑을 알게 되다.
사랑이 넘치다.

공감의 또 다른 언어는

눈물과 몸부림이라고 생각해요.

상대방의 마음을 공감해줄 노력에도 눈물과 몸부림이 필요하고,

내 마음을 공감해줄 노력에도 눈물과 몸부림이 필요하니까요.

그 끝에 고개 한 빈 끄덕일 수 있는 내공이 생기게 되니까요.

"너도 그랬니? 나도 그랬어."

"나 참 아프구나. 그래도 대견하다."라고요.

힘든 시간들을 이겨내고 난 후에야

상대방의 시선과 나의 마음을 진심으로 어루만져 줄 수 있기에

공감 한 번에, 희망 한 번이 늘어나기에

오늘 나의 울퉁불퉁한 마음을

있는 그대로 바라봐 주세요.

울퉁불퉁한 마음도

나의 마음, 우리의 마음이니까요.